U0016157

ON THE ISLAND

島嶼來信

我能說的 祕密

陶立夏——作品

寫給　所有的
　　相遇與離散

目錄

臺灣版序

流波上的安穩

我最喜歡的作家是翁達傑，他出生於斯里蘭卡，倫敦求學，後來定居渥太華，教書、寫詩、辦文學雜誌。在《英倫情人》這本書裡，翁達傑讓來自匈牙利的沒落貴族、來自加拿大的護士、小偷以及為英軍效命的錫克兵，相逢在義大利佛羅倫斯郊外的別墅裡。

翁達傑說，如果你從空中俯瞰，這個世界是沒有疆界的，地圖上那些邊界線都不存在。

這讓我第一次對這個世界心存嚮往：一個沒有邊界的廣闊天地。有時候雜誌裡的一張照片就能激發我旅行的衝動。成為自由職業者之後，可以去很多突然想要去的地方。馬爾他、阿瑪菲海岸、庫克群島、萬那杜⋯⋯那一年去過十多個不同國家的島嶼之後，最終完成了這本書。

有一年春天去蘇格蘭參加朋友的婚禮，我想既然飛這麼遠 ，不如繼續往北。於是從愛丁堡飛哥本哈根，然後經過法羅群島，再去冰島，又從米蘭到佛羅倫斯，再去倫敦。這趟旅行一共用了四十多天時間，回家的時候已經是夏天。這一路上住過蘇格蘭卡內基的莊園，住過冰島北部峽灣裡

的簡陋民宿，大西洋上某個小島的旅館，還有倫敦的高級酒店。

　　至今記得出米蘭機場叫的那輛計程車，司機是個六十多歲的大叔，米色短袖襯衫，中規中矩的肚腩，他在聽廣播，應該是 BBC Radio 3 那樣的電臺，播的是《蝴蝶夫人》。車廂裡的暖黃色燈光，車窗外米蘭正暗下來的天色，空氣裡的城市氣息，街心公園裡起舞的人，遠方變得如此旖旎，像一場讓人欲罷不能的戀情。

　　計程車車廂狹小，我把背包緊緊抱在懷裡，能感覺到背包底部的堅硬，那是我的琺瑯馬克杯，這一路上刷牙喝水都用它。我隔著背包握住琺瑯馬克杯的把手，覺得可以就這樣住在旅行箱裡，一直遊蕩下去。

　　很多人問我為什麼喜歡旅行，我總是回答不上來。愛是沒有理由的，又或許因為理由太多太多了。

　　我喜歡旅行，因為很多人覺得勞累不堪的長途飛行治好了我的失眠。最喜歡漫長的洲際航班，即使是狹小的經濟艙我也睡得安穩香甜。飛行中

我不閱讀也不寫稿，專心致志地昏睡著從一個地方抵達另一個地方，因此我可以自稱為一個專注的人。

去北歐背包旅行那次，全部行李就一個背包，裡面有換洗衣物、保溫杯、電腦和一臺小無線電收音機。路上編輯來催稿，我聽著聽不懂語言的廣播，在哥本哈根的小旅館寫一點，在瑞典的哥德堡寫一點，又在挪威的奧斯陸再寫一點。等到史塔萬格看聖壇岩時，稿子差不多完成了。

我依舊清晰記得在馬爾他度過的那個夏天，陽光熾烈，明晃晃的白色，烤得金黃色岩石彷彿要化為粉末，蘆薈叢枯萎變黑，軟綿綿倒下。地中海很藍，驚濤拍岸。還有很多金色的窄巷，藏著聖像和年久失修的教堂。為了躲避陽光，我時常迷路。

哥佐島上最著名的景點藍窗在三年後倒塌，那一年我也從翁達傑的讀者成為了他的譯者。為更好地理解《菩薩凝視的島嶼》這本揭示故土斯里蘭卡的內戰慘劇的小說，我去了斯里蘭卡。那時候距離斯里蘭卡內戰最終結束，間隔不到五年時間。

　　當書裡那些僧伽羅語人名和地名出現在眼前，書裡描述過的壁畫和佛像觸手可及，我聽經歷過內戰的嚮導講述他這些年流亡國外又回來重建家園的過程，知道自己終於拿到了走進這本書的鑰匙。

　　如果說我的生活中有什麼閃耀的時刻，那應該就是將旅行箱放進衣帽間，然後走到書房打開電腦的那一刻。記得結束了南非的旅行之後，我把那些大象、獵豹、鴕鳥、白犀牛、扭角羚羊和卡其褲、麂皮靴、相機記憶卡一起妥善收納，坐下來寫久違的小說。那是一個回歸的故事：回歸規律的日常，回歸記憶中的甜蜜與安穩。我把這幾年異國他鄉的深夜對家的想念和想像都寫到了書裡：有嗡嗡響的冰箱，暖黃的燈光，散發香氣的烤箱，冒著氣泡的冰可樂，和熱騰騰的米飯。現實生活中的我，卻並不經常做飯，而且永遠都活在想要遠行的衝動裡。

　　我覺得，不用思慮太多，不用計較安穩，我們只是生活在旅途上和文字中，就很好。

前言

孤獨島

那些汪洋中自成天地的島嶼，它們的意義究竟在於孤獨，還是圓滿？

曾在隆冬的夜晚做了個夢，一個皮膚黝黑的女人輕聲對我說：「跟我來。」她的眼睛那麼亮，映照著鬢邊的紅花。我跟隨她快速穿過昏暗的樹林，赤足踏上漆黑的岩石，抬頭的時候看到遠方的海上影影綽綽擠滿了島嶼。

她說，世界上所有的島嶼都在這裡相逢。

那時我已因為厭倦長途飛行的疲憊而一年多沒有旅行。但是，又怎麼可能拒絕島嶼的呼喚呢？

所以收拾行李，心甘情願飛十二個小時。

南太平洋的島嶼上，每一個巨浪都帶來一道彩虹，椰林裡的工廠在製作椰子糖，可可豆苦澀的香氣找不到方向了，花樹下姑娘的腰肢像柔波裡的海草。穿草裙的孩子送來冰塊給你消暑，觸碰到指尖的剎那，下意識地瑟縮一下，彷彿它們是滾燙的。

喝著冰鎮的啤酒看太陽落下、星空升起，銀河前有流星劃過，什麼都沒有做又好像人間萬事都已經在這寥寥數小時內全部經歷。海裡的魚偶爾

會浮出漆黑的水面，牠們回到水裡的聲音就像有人咽口水，咕嚕一聲。晚歸的夜晚，車行駛在叢林間的泥土路上，兩匹高大的棕色野馬突然出現在車前燈下。我們關了引擎等牠們緩緩經過身邊，牠們駐足回眸，隨即消失在密林之中。

　　島嶼上沒有四季。陽光太亮，照在皮膚上都是疼的。它在你抵達之前，經歷過火山的烈焰，也曾棲身於山澗的清涼。
　　有時也會遇到突如其來的雨。閃光的葉子上，落滿穿越星空而來的急雨。島嶼像落日迅速墜入海中。

　　「你為什麼來這裡？」
　　「我想在世界毀滅前，看一看它多情的、溫熱的、無憂無慮的邊界。」
　　「哈！」
　　「你呢，你想得到什麼？」
　　「面對的勇氣與耐心。我已習慣並精通逃避的樂趣，但現在想停下來，轉身看看追趕我的潮水。」
　　「你說的，是時間吧。」
　　「也可能，是孤獨。」

　　而島嶼，就是最圓滿的孤獨。

曼島
ISLE OF MANN
W4°28' N54°09'

神話島
・
曼島
Isle of Mann

　　據說愛爾蘭巨人 Finn MacCool 曾因為氣憤，朝蘇格蘭投擲土塊，場面一度陷入混亂，導致一塊泥掉入海中，形成了曼島。儘管來歷如此潦草，來自凱爾特神話中的海神 Manannan Mac Lir 卻依舊對這座島嶼偏愛有加，為了保護島嶼不受侵略而時常施咒將其藏在迷霧之中，這樣的深情使得島嶼決定跟隨他的名號，擁有了現在的名字：曼島（Isle of Mann）。

　　前赴後繼的國王、傳教士與維京武士還是識破了海神的把戲，先後將這座島據為己有，在島上建立起風格粗獷冷峻的堡壘。他們也為島嶼帶來了浪漫的混血氣質，與神話傳說的迷幻色彩結合，彷彿海神的咒語依舊縈繞。

　　當你踏足其上的第一刻就有走進神話傳說的眩暈感：大雨剛停，路邊的樹圍攏來，將小路搭成一條綠色的隧道。它們在車經過時微微欠身，像是在行禮。或者是因為風，又或者只是穿越愛爾蘭海的長途航行造成的錯覺。

　　神話在現實世界裡的化身要比預料中嬌小也溫柔得多：一隻雪白的無尾貓「盤踞」在門外的腳墊上，空氣中彌漫著雨水和海風的味道。

　　「曼島的無尾貓」是這座島嶼諸多傳說中最為人津津樂道的一個，其中流傳最廣的版本是諾亞在關閉方舟的大門時太匆促，不小心夾斷了貓尾巴。也有傳說是牠們從一艘西班牙沉船上游到島上，或者牠們是貓與兔的雜交後代。而我們這位身世成謎、毛茸茸的訪客正平靜而耐心地欣賞著山谷中的日出，並且大方地允許我們分享這份寂靜閒適。

　　從首都道格拉斯駕車前往舊都卡斯爾敦（Castletown）的旅程很愛爾蘭風情，四處可見凱爾特十字架，天空的藍色可能就是所謂的「愛爾蘭藍」，看久了你不知道該為這遼闊純粹感到開心還是憂鬱。港口邊的拉申（Rushen）城堡建於一二六五年，接下來的幾個世紀中，這座風格陰冷、並無多少亮點的灰色石頭城堡曾被用作堡壘、皇室宅邸、造幣廠，以及監獄。其中最傳奇的大概屬於它作為監獄的時代，據說在這裡度過人生最後

一晚的死刑犯們至今不肯離去，這使得拉申城堡成為曼島著名的「撞鬼之旅」中相當重要的一站，傳奇度僅次於島上的歡樂（Gaiety）劇院──那裡有個愛戲成癖的女鬼，她至今占據著 B14 座位。

　　相比灰色的拉申城堡，附近的彩色房屋顯得十分可愛樂觀，其中不少是雜貨店和炸魚薯條店，還有一家都柏林風格的紀念品店，墨綠色門楣，描金玻璃櫥窗，店內出售陶瓷菸灰缸與植物香皂，以及島上著名的扭結糖。大概是偶然到來的遊客不太明白此地的歸屬，隨意使用貨幣，所以很多商店都有這樣的告示：「我們昨天和明天會接受歐元，但不是今天。」曼島儘管屬於英國領地，但至今保留自己的語言與貨幣，而英鎊，他們會「勉為其難」地收下。而糖罐邊的告示則是「不聽話的孩子會被送去掃煙囪」。當我仔細閱讀這則警告時，躲在昏暗櫃檯後面的老太太了然地微笑起來。

　　古老的語言學校（The Old Grammar School）是一座純白色的石頭房子，屋內光線全部來自玻璃窗，昏暗中可以看到西元一二〇〇年時附近的居民在這裡習字的場景。儘管地方淺窄，但這卻是曼島第一座有屋頂結構的建築，也曾被用作教堂。

　　角落有個小店，出售明信片與紀念品。為禦寒，我買了條本地產的格紋羊毛圍巾，售貨員兼講解員告訴我，象徵曼島的格紋圖案由淺藍、墨綠、暗紅、白與黃織成，它們分別代表著海洋、原野、珊瑚、白房子以及陽光。在之後的旅途中，這條圍巾為我帶來不少搭訕，有遛狗的老爺爺特意過來打招呼，再次為我詳細解釋條紋圖案的意義，或許他想說的是曼島人對這片土地的熱愛與內心的驕傲。

　　駕車從卡斯爾敦沿 A5 公路向南前往馬恩的最南端聖瑪麗港（Port St. Mary），再轉 A31 就可抵達全島最為人熟知的自然景觀：Sound and Calf of Man。

　　金色陽光下，小曼島（Calf of Man）以某種微妙的傾斜角度出現在海中，它的形狀、面積與地貌讓我想起某個女明星在談及緋聞男友時使用的句型：「他滿足了我關於完美島嶼的所有想像。」它遺世獨立又似乎觸手可及，像一座隔著狹窄水道的舞臺，又像一個內藏微縮景觀的水晶球。

　　綿密草叢結束的地方露出灰色礁石，豐富的層次在饑腸轆轆的訪客眼中如鬆脆的千層酥，而它們究竟有多麼粗糙鋒利就要問問附近海域的沉船了。海灣中時常有海豹出沒，這些圓頭圓腦的可愛小傢伙在靠近海岸的波濤中載沉載浮，鳴叫聲有種特別歡快的友好意味，讓你忍不住就想揮手和牠們打起招呼來。而由中年阿姨和大叔組成的觀鯨團則絲毫不為所動，一刻不曾放下手中的望遠鏡，密切注視著遠方的海平面。

　　逆流而上，途經白色的小城伊林港（Port Erin），去往曼島在卡斯爾頓之前的都城皮爾港（Port Peel）。一路上，車子在深紫色的山脈中盤旋，

山脈的曲線與遠方亮藍色的海以不同的頻率起伏。北方的海總讓人覺得凜冽，它讓熱帶海洋顯得喧囂浮躁，和風暖陽都無法更改那不動聲色的冰藍色，總讓人聯想起普希金的詩句：「我的名字對你有什麼意義？它會死去，像大海拍擊海堤。」

十一世紀時，曼島由維京國王 Magnus Barefoot 統治，他將自己的城堡建在皮爾港內的離島聖派翠克（St.Patrick）上。在隨後的兩百年中，這座皮爾堡一直是全島統治者的住所，直到首都南移，卡斯爾敦的拉申城堡成為全島的權力中心。如今皮爾城堡只剩下廢墟，卻濃縮了曼島的大部分歷史。教堂的歷史可追溯至十世紀，卻已經算是「年輕」的建築。

這座早在西元前六五○○年就已有人類居住的島嶼位於英國、愛爾蘭與蘇格蘭中間，曾在挪威、蘇格蘭與英格蘭國王之間幾易其手。要了解這座島動盪而複雜的身世就必須來到皮爾堡。它就像一堂速成課，讓來訪者在有限的時間與空間內，感受凱爾特文化的蒼涼與維京文化的蠻荒，而石頭圍牆、紫色平原、離群綿羊則是課程中有關蘇格蘭風情的那部分。

李白說：「夫天地者，萬物之逆旅也。」曼島這座愛爾蘭海中央的旅店，曾寄居過各種野心勃勃或興趣奇特的國王，如今它也同樣適合癡迷於四處遊蕩的自由靈魂。

就像有些妙人很能被其所處的時代接受，一些奇妙的地方也很難被歸納屬地。儘管從未隸屬於羅馬帝國，但曼島卻在希臘與羅馬歷史中被屢次提及。一九三一年開始，出於某種未知的原因，曼島正式使用三條穿戴古老盔甲與金色馬刺的大腿做為國旗圖案，而古老的三曲腿圖案曾被克里特的邁錫尼人與小亞細亞地區的古呂西亞人使用。三條腿的旗幟與無尾貓，從此成為曼島最為人津津樂道的奇怪存在。

當然，以它的神祕與隨性，如果某天消失在愛爾蘭海的迷霧之中我也不會覺得驚訝。

彩色的港口小鎮，多的是二手商店。剛搬家的藥店，窗玻璃上的告示

尚墨跡未乾，老式的化學試劑瓶已悉數出現在對面的古董店，來不及清洗就貼上了價格標籤，頗有些雞犬相聞的鄰里氣息。我買了一枚銀戒指、一把鹿角刀柄的拆信刀──與多年前在蘇格蘭買的那把多麼相似。

臨近晚餐時分，傳說中著名的幽靈黑犬 Moddey Dhoo 還沒開始四處逡巡，街道上懸掛的彩燈已經閃亮，小酒館也正式開張。點一頓分量十足的英式晚餐，搭配愛爾蘭黑啤酒。如果你懶惰不想在來到曼島之前預習它的歷史，也不準備在回去後翻閱資料了解它複雜的文化，那麼可以從當地居民的面容裡體會這座島嶼的性格：這些沉默高大的島民，下顎緊繃，即便在酒吧也依舊沉默少言，衣著樸素，頭髮是近乎蒼白的金色。

離開曼島的清晨，道格拉斯港口彌漫著白色的霧，在金色陽光下閃著絲綢般的光芒，這是海神 Manannan 在說：「再見，遠方來的人。」

Vincent

　　第一次看見 Vincent，是在學生公寓附近的艾伯特橋酒吧（Albert Bridge Bar）。為了迎接冬季入學的新生，學生會特意舉辦了一個晚會，提供免費的啤酒與薯條。我其實已經算不上新生了，因為已經在數家學校間輾轉幾度寒暑，卻始終無法鼓起勇氣面對社會，有種躲在象牙塔中將讀書當終生職業的意思。但是那兒的啤酒，味道真的好。而且一定是要坐在靠窗的椅子上，等艾伯特橋上的燈在灰紫色的暮色中突然亮起來的那個瞬間。

　　喝到第二杯，酒吧的木格玻璃門被推開了，人群中響起一陣歡呼：「Vincent!」我一時好奇，舉著啤酒杯回頭看這人緣極佳的大人物。Vincent 拎著一個偌大的黑色資料夾，沒什麼血色的臉上架著一副黑框眼鏡，長髮毫無章法地堆在腦後。這個 Vincent 居然不是落魄畫家，而是位中國女孩，起碼也是華裔。她朝人群笑一笑，笑容十分柔順安靜，大踏步向吧檯進發的身影卻很俐落。經過我身側的時候，我注意到固定她一把黑髮的髮飾，竟是一支用鈍了的繪圖鉛筆，應該是她剛從工作檯上隨意抓過來的。

　　我突然也笑了，那些刻薄人說得對，只有學藝術的學生才能這樣窮且不羈，才能美得這樣無拘無束。

　　我繼續喝我自己的啤酒，時不時聳一聳肩膀。這是我一個改不掉的下意識動作，如果去問心理醫生，他大概會說：「在內心的一個看不見的黑暗角落，有另一個你想要

擺脫的某種看不見的束縛。」我當然沒錢去聽醫生胡侃，
專心致志地將免費薯條蘸上番茄醬，做成一根根「火柴」。
雖然早已不奢望它們能點亮我的生活，但我卻願意保留這
最後一點點童真。人群中又爆發出一陣歡呼，伴隨口哨與
掌聲。我回頭的時候正好看見她仰頭飲盡大玻璃酒杯中最
後一滴啤酒。本來我想上前藉機與她說話，請她喝一杯，
可是這樣招搖的女孩子不缺朋友，而我不擅長錦上添花。

　　喝光啤酒後去泰晤士河邊吹冷風，兩杯啤酒下肚，神
志當然很清醒，但酒精還是起著一點點作用，只覺得那風
拂在臉上，如同江南三月的楊柳風，但我不識江南楊柳風

已經多年。我在倫敦讀的是品牌傳播，接一點兒零散的活做，比如街角的咖啡館開張、冰淇淋鋪推新品——都不是驚天動地的案子，只為餬口。有的時候收入尚可，有的時候窮到天天喝冷水，吃超市的打折麵包。我對自己說：「再給你幾年，再給你幾年無牽無絆的好時光，然後，就上岸，找一個正經公司上班，朝九晚五，養出肚腩來。」

找一把長椅坐下，泰晤士河的水位上升了，我想今天應該是滿月。但天空中都是雲，那種灰黑的顏色，可也不沉重，隱隱泛出銀色的光。漫無目的地張望一會兒，突然覺得倦，想抽根菸，手下意識地去摸左手邊的口袋，自然

是空的，因為戒菸已經三年。只好起身回宿舍去。

回程經過酒吧，隔著玻璃窗還能感覺裡面氣氛正酣，有隱隱的人聲與音樂透出來。而酒吧外面的長椅上，坐著一個人。

「你好，你說不說中文？」她用英文問我。

「是，我說中文。」我用英文答她。

「可不可以借個火？」這次她用中文，字正腔圓的中文。

我的手又伸進右手邊的口袋去，掏出一盒火柴。點燃後用左手小心地護住，遞到她面前。手心一團小小的火光照亮她的眉眼，她仰頭呼出一口煙，道謝，然後問：「你要不要菸？」

「不，謝謝，我不抽菸。」聞到極為熟悉的菸草味道，卻並不為所動，那火柴在我手指尖一直緩慢而耐心地燃燒著，終於漸漸熄滅。

「這麼好的火柴。」她挑一挑眉，說。

「是。所以一直留著，我三年前就戒了菸，菸太貴。」

「你好，我是 Vincent。」她伸出手來。小小的、白色的手掌，握在手心有些冰涼。

我們都不是會聊天的人，所以沉默地聽酒吧裡傳來的陣陣喧嘩。只隔著一道牆，卻感覺來自另一個非常非常遙遠的世界。

不知道雪是何時開始下的，Vincent 縮一縮脖子，我解下圍巾替她圍上，幾乎是一種兄長的關懷。她是最明敏的藝術家，沒有拒絕，只說這種紋樣很特別，不屬於蘇格蘭也不屬於愛爾蘭。

「好眼力。它來自曼島，它在蘇格蘭、愛爾蘭、英格蘭中間的海域。」

「你有沒有做過讓自己後悔的事？」她問。

「多得數不過來吧。」

「我做過最後悔的事，是與生活討價還價。」她認真地說。我不知道怎麼答，只有繼續沉默。

「我要走了。」她把菸頭撚滅，起身。

「再見。」我揮一揮手。她回頭笑了笑，並沒有說什麼。

後來我們再也沒有見面。這個取著男人英文名的小姐一個星期之後在宿舍以美工刀結束了自己的生命，我也是在艾伯特橋酒吧聽別的學生說起才知道。沒有追問緣由，因為我想，大概討價還價真是件很累人的事。

但我依舊會渺茫地希望，她會記得人世間的一點點暖，比如那根火柴的光，或者是圍巾的關懷。

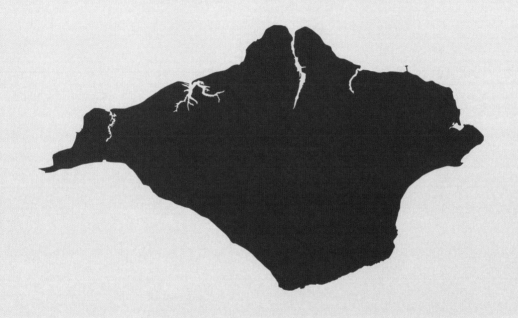

懷特島

ISLE OF WIGHT

W1°16'　N50°40'

純白心事
·
懷特島
Isle of Wight

　　深秋的懷特島，全是漿果與狂風。彩色懸崖下，巨浪捲起白色泡沫，將沙灘全部吞噬。如果你相信安徒生的童話，一定會為那麼多那麼多心碎的人魚公主傷懷。

　　懸崖上的樹，被英吉利海峽的風吹出曲率相仿的弧度，如擱淺的浪散落各處。這座遠離英格蘭本島的白色島嶼真是一個冷酷仙境。

　　去過這麼多地方，只有英格蘭的陰冷讓我有賓至如歸的安然。潮濕頂著風朝懸崖頂端前進的路程，像衝破一層又一層潮濕冰冷的布幔。維多利亞女王將夏季行宮建在這個島上，坊間有傳言說這裡還有位讓她魂牽夢縈的英俊男子。這或許真是一個適合培養感情的地方：風太大了，根本不需要說話，不需要掩飾，牽手悶頭走路就是。

　　中途路過一座白牆綠屋頂的房子，走大半天又冷又餓，想找個歇腳的地方，就推門走了進去。是一間表演玻璃製作的工作室，空間不大，熔爐

將室內熏得暖融融。

　　我找個角落坐下。除卻一位說個不停的講解員，工作室的角落還有個穿白色汗衫的年輕人，柔軟的棕色頭髮，表情藏在護目鏡後面，手臂上戴著破舊變色的毛線袖套。他埋頭忙碌著，手勢嫻熟地將玻璃放入熔爐，再將熔至柔軟的玻璃彎成一個微妙的 S 曲線，然後小心調整，刻畫出眉目，在羽翼上添幾道紋路。等待玻璃冷卻，彷彿聽見他在暗自倒數著時間，然後「唭」一聲脆響，一隻玻璃天鵝在剪刀的幫助下，俐落地從底座上掙脫。

　　工作室突然湧進來一群高中生，蘋果臉，金髮，喧嚷不已，被老師帶走。又來一個美國老年旅遊團，對火爐和各種工具表達驚歎與讚揚，並悄聲交換對下午茶與司康的看法。接著是四五個年輕人，不停拍照。然後他們專心致志地奔向下一個目的地，而那個棕髮年輕人只是埋頭做著一隻又一隻晶瑩剔透的天鵝，像湍急漩渦中心的真空，只有一聲聲輕微卻無法被

忽略的脆響，計算著時間的流逝。

　　大概是累了，他坐下來，摘下護目鏡，從一只碩大的藍色玻璃樽中喝水，睫毛低垂，不時看一眼工作檯上的天鵝，然後起身繼續工作。自始至終沒有抬頭。我注視他完成第十二隻天鵝。工作室隔壁是一家紀念品店，琳瑯滿目的玻璃製品，有售價不菲的高級貨，也有廉價的小擺件。幽暗角落裡是一個玻璃櫃，裡面擺滿了玻璃天鵝，纖細的脖頸蜿蜒成同樣的曲線，優美的曲頸低垂。

　　推門出去，狂風不知什麼時候停止了，紫彤雲後面竟露出藍色的天空。我突然想起一個故事，說有個叫王質的樵夫，在山中看人下棋。等棋局終結，斧柯爛盡，人世間已經過去了百年的時光。或許他並不知道這個來自遙遠東方的傳說，那他或許聽過《野天鵝》的故事吧？被巫婆的咒語變成天鵝的王子們，歷盡艱辛，終於在艾麗莎公主的努力下歸返人形，但最小的那位王子的荊棘衣卻少了一隻袖子，所以他永遠保留著半邊翅膀。

　　我一直在想，那個長著翅膀的小王子後來過得好不好？

售賣珍珠的人

　　當我決定逃離英國的那個冬天，買了頭等艙機票。有時候一擲千金的確是最好的止痛藥，用以抵禦這些年漂泊的迷惘。可惜藥效在金髮空服員端上香檳的剎那就過期了。

　　他是最後一個登機的客人，且坐我隔壁的第一排位置，所以全艙七名乘客包括我，都在安置好隨身行李、品完香檳、調整過液晶電視螢幕之後，注視他拖著全套路易威登的行頭經過。

　　處於三萬八千英呎的高空，夜晚並非混沌一片，而是一種泛著紫色的黳黑。引擎低微卻不間斷的轟鳴，讓我想起中途遭遇暴雨的那次夜潛，在水下只聽見遙遠的雷聲，然後是急雨落在海上，隱約的脆響。

　　他探過頭來小聲問：「吃糖嗎？」原來那脆響是糖紙的窸窣。我們在機艙後部的吧檯坐下。

　　我替自己倒了杯礦泉水，他向空服員要牛奶。「全脂的。」他特意交代。

　　我已經換上飛機上提供的運動裝睡衣，而他似乎要將個人風格貫徹始終，穿著油光水滑的黑色絲綢睡衣，袖口有一道極細的白邊。

　　牛奶來了，他從睡衣口袋裡掏出兩瓶攜帶型的貝禮詩奶酒，倒一瓶在牛奶中。

　　機艙的射燈不偏不倚地照在他頭頂，在他臉上投下形狀奇怪的暗影，像戴著副貼合度極佳的墨鏡，而他很投入

地啜飲著對了甜酒的牛奶，彷彿那是杯蘇格蘭有機大麥釀造的單一麥芽威士忌。

我從桌上拿了一盒巧克力來，巧克力做成大溪地珍珠的樣子。「你做哪一行？」他問。

「攝影師，替人拍照。」

「喔！想不到還能遇到藝術家。本來可以邀請您為我的產品拍廣告，可惜……」

我吃一顆珍珠光澤的巧克力，不太明白他可惜些什麼，但也沒有問。長久以來我一直是個缺乏好奇心的人，尤其對別人的過往。因為我知道，那些時刻並不消亡，它們層層疊疊累積成一個人此時此刻的模樣，清晰地擺放在你面前。眼前這個人正在被體內的某種恐懼吞噬，他比誰都清楚這種無聲無息的病菌正在發酵繁殖。

「我就做這生意的。」他指一指我手裡的紙盒，「女人都喜歡。」

「巧克力？」

「不，珠寶。海水珍珠，也做鑽石。」他說：「市面上都說最好的海珠在日本人手裡，但我見過日本人都會看傻掉的好貨。」

「我替客戶拍過鑽石，布光很不容易。」

「但鑽石和珍珠是不能比的。」他喝著牛奶甜酒認真地說，像是在懷念過去某個得到後又失去的好姑娘，那惆悵讓我想起南太平洋上璀璨的煙霞。或許他真的在某次尋找完美珍珠的旅行中結識過這麼一位高更筆下的美麗女子。

誰知道呢，這世界上多的是你料不到的事。

「我在倫敦租了間辦公室，雇一個女學生替我接電話收郵件。」他說：「其實她是澳洲人，但誰分得清那是不是倫敦口音呢。」

我又吃了一顆珍珠巧克力。

「哎，我真煩維珍的頭等艙，沒有泡麵。」他仰頭喝光最後一滴牛奶。

我醒來的時候，鄰居已換好正裝，端坐著看舷窗外的日出。航班朝浦東藍灰色的清晨降落，在他眼中，這天色或許就像最美、最無價的熱帶珍珠。

等後面其餘的客人都走光後，我起身和他告別說：「終於回家了。」

「是啊，回家了。」他答，目光卻越過我的肩頭，面

色比最劣等的珍珠更灰暗。我回過頭，看見兩個穿制服的員警正面無表情地走來。

　　他拉起行李箱，緩緩迎了上去。

斐濟
FIJI
E179°57' S16°48'

時間
·
斐濟
Fiji

　　回望二〇一三年，最意外的旅行是重回斐濟。從北半球前往南太平洋的漫長旅途，穿越經度、緯度、時區與季節。從模糊斷續的睡眠中醒來，向舷窗外眺望，依舊是日期變更線上的日出。灰色的海面在微光中逐漸顯現，波紋如鳥羽般細微。彷彿我的眼睛熟悉了黑暗，終於看清命運模糊暗昧的指紋。

　　大約五百年前，麥哲倫在這片遼闊海域享受了人生最後的平靜，所以他替它起了一個柔和的名字：太平洋。

　　當飛機在晨曦中向著原本以為再也沒有機會踏足的遙遠島嶼降落，我不禁開始想：「人生裡有沒有一些事，開始是錯的，但當你堅持去做的時候，最終變成了對的？」

　　就如同麥哲倫在一五一九年八月十日率領兩百六十五名水手，根據一

個毫無依據的傳說和一張後來被證實是謬誤百出的航海圖，離開塞維利亞港，駛向並不存在的「香料群島」。後來的事，我們都已經知道了：他將在懾人的死寂中開闢出以他名字命名的海峽，為查理國王發現菲律賓，而最後倖存歸航的十八名船員將成為第一批擁抱了地球的人。既然如此，那有沒有其他事，原本是正確的，但隨著時間推移，卻成了錯的？

時移世易。如今我們總是以輕鬆的語氣說「地球是圓的」，但這五個字背後的意義，就像驗證它的過程一樣複雜。

距離上一次到斐濟旅行已過去兩年多的時間，不過南迪碼頭區硬石餐廳的 LLB 還是記憶中的味道。這款由檸檬汁（Lemon）、萊姆（Lime）和比特酒（Bitters）調成的飲料在這裡屬於非酒精飲料，最適宜在夜色漸濃之際就著濤聲來一杯，為另一個悠閒的夜晚做序曲，這在附近眾多高爾夫俱樂部中尤其流行。

第二天玫瑰假日（Rose Holiday）的司機將我們送到南迪機場，從那裡搭乘小型飛機前往塔韋烏尼島（Taveuni）。我提起上次旅行時的嚮導 Tui。這名工作人員微笑著說：「是，我認識他，他是我的遠房表弟，他出遠門去了。」

當年我在另一座小島索娜薩里島（Sonaisali）的渡船上遇到他時，他正坐在夕陽下彈吉他，見我到來，快步上前幫我提箱子。Tui 棕色皮膚，棕色長髮，深褐色眼睛，脖子上掛著雪白的貝殼項鍊。他說他來自盛開著食人花的遙遠島嶼，已經三十歲了，卻從未越過赤道線，踏足北半球。我坐在行李箱上，在熱帶的炎熱裡，那麼徒勞地向他描述下雪時分的安靜。

一個半小時的航程，耳朵很快適應了引擎的噪音。螺旋槳切碎氣流，老舊的舷窗下是礁湖環繞的小島，海水的藍透著翡翠的光澤。在斐濟人的傳說中，有些島嶼盛產知曉財寶下落的精靈，有些島嶼盛產驍勇善戰的酋長，有些島嶼培育完美的珍珠，而塔韋馬尼島的特產是可做為糧食的芋

頭、椰子、卡瓦等各類農作物，所以這座島又被稱為「斐濟的麵包籃」。

斐濟有三百三十座島，這些散落在南太平洋上的島嶼居住著不同的部族，他們有各自的語言和信仰。塔韋馬尼島在斐濟的三百三十座群島中位列第三，除了適宜潛水的珊瑚礁、瀑布飛瀉的山巒以及驚濤拍岸的海邊小村落，讓它成為不可錯過目的地的最主要原因是：一百八十度國際換日線在太平洋上突然轉彎，從這座島上穿過。在這裡，你可以於今天與明天之間自由穿梭。所以，這是一片特殊的時空，時鐘有它自己的步伐：它們耐心等待木瓜成熟，香蕉開花，等待浪潮一波一波湧來，最後終於澎湃。

遠離人煙的沙灘上，孩子們爬上高高的椰子樹，將繩索拴在高處，然後輕巧如獼猴般盪出去，落入海中，激起白色水花。我在懸崖上喝著冰水看他們嬉鬧，覺得這才是真正的童年。如果有一天，我結婚生子，希望自己的孩子也能在這樣廣闊的風景裡成長，擁有健康的深色皮膚和閃亮的黑色眼睛，以及能裝下這整片海洋的廣闊胸襟。

　　即便在蘇瓦這樣的大城市，當地人也不依賴電視、網路這些現代娛樂方式。午後，年輕人聚集在海邊的體育場，為自己的橄欖球隊加油鼓勁。入夜，則是親友團聚共飲的時刻。當我們努力適應世界的變化，如同追趕越轉越快、越咬越緊的齒輪，斐濟人卻堅持著自己的步伐，讓那個來到他們面前的世界慢下來，跟隨他們的腳步。

　　最愜意的是在午後揚帆出海，風鼓起帆，我們快速在島嶼間穿行。船長會指著如同星群般散落在海上的島嶼，一一道出它們的名字，神情溫柔、語氣熟稔，如同描述著那些曾邂逅過的美麗姑娘。海豚不停躍出水面，護佑我們的航行。然後是幼小的鯊魚，在粼粼波光中，時隱時現。

　　如果要拜訪當地人的村莊，可以從名叫天堂的度假村出發，到豎著「放鬆，這只是天堂裡尋常的完美一天」那塊牌子的車庫租輛四驅越野車，經過成片成片的椰樹林，再翻過嶙峋的火山岩，車停在一片看似荒地的草地上，角落那塊一分為二的淺綠色告示牌是證明國際換日線的唯一存

在。慕名而來的人們可以在告示牌的縫隙間留影紀念。時間是看不見的，即便到了唯一可以證明它存在的島嶼，依舊如此。

　　告示牌邊還有一座簡陋的教堂，負責看護教堂的是一家兄妹四人，哥哥放下手裡的吉他，害羞而驕傲地向遊客說明這是全世界唯一一座建在國際換日線上的教堂。而最年幼的妹妹則悄悄問：「你從哪裡來啊？那你去過瀑布了嗎？」

　　大概是命名過附近海域內太多的島嶼，塔韋馬尼島的居民們對島上的一切都直呼其名，比如從黑色火山岩上飛瀉而下的白色瀑布就被當地人叫作崴亞沃（Waiyevo）瀑布，與它所在的村落同名。它就在距國際換日線告示牌幾十米的地方。附近各個村落來的孩子們爬上濕滑的黑色岩石，然後從頂端順激流而下，也有孩子直接從椰子樹上跳入水塘，水花四濺的同時，歡笑聲飄揚。這是一項在外來人眼中頗挑戰膽量的遊戲。

　　有個小男孩從激流中探出身來，將一塊黑色石子放在我手上。是黑色的火山岩，被流水磨去了稜角，和他的眼睛一樣黑亮。我說：「謝謝。」他笑了笑，縱身回到湍流中。

　　一切都如此快，如這一刻不停、飛流直下的山泉；一切又都如此慢，彷彿我的眼睛終於適應了光亮般，適應了這裡的悠閒，看清楚了生活的本來面目。

如果有一天，
我結婚生子，

希望自己的孩子能在這樣廣闊的風景裡成長，
擁有健康的深色皮膚和閃亮的黑色眼睛，
以及能裝下這整片海洋的廣闊胸襟。

食人花島嶼
來的人

　　漢堡國際航海博物館裡有一張用白色貝殼和細木條組成的航海圖，它們指示著散布在廣闊南太平洋偏僻角落中的島嶼與安全航道，曾在幾百年前指引印尼的水手們躲避暗礁，往來貿易。

　　四年後，我在南太平洋的一艘小遊船上遇到一個吉他手，他名叫 Tui，有棕色的皮膚、深褐色的眼睛和長髮，他的脖子上掛著雪白的貝殼項鍊，只是我一開始並沒發現，那些貝殼和航海圖上的一模一樣。

　　為了看得更遠，我爬到船頂上，躺在風帆下。Tui 彈著吉他，不時和我說話。風把他的話都吹上來，聽得分外清楚。

　　他說，他曾去紐西蘭旅行，並在一個老華僑那裡學會了一些太極招式。而紐西蘭是他去過的最遠的地方。對 Tui 來說，澳洲和紐西蘭是大陸，而對我來說，它們也只是孤懸於南太平洋上的孤島一樣的存在。他好奇地向我打聽城市的生活，以及中國這個在他看來遠得不能再遠的國家。我告訴他城市裡的人每天怎樣工作，往來於家與公司、超市、電影院和咖啡館。「但是，沒有海，沒有叢林？」他想像了一下，有些失落地唱起歌來。

　　他已經三十歲了，從來沒有越過赤道線，踏足北半

球。但是他的姐姐跟一個舊金山來的男人走了。她帶未來
的夫婿回島嶼請求酋長准許自己婚姻的那天傍晚,成群的
海龜在海灣游弋不去。海龜在斐濟人心目中是神聖的動
物,所以酋長認為這是莫大的吉兆,給了她祝福,允許她
遠行。「她有時候寫信回來說舊金山的冬天很冷,雪下很
久。我從沒見過真正的雪,不過酒店裡有冰。有時候,我
覺得冰和火一樣燙手。」

　　「可是 Tui,你見過雪嗎?雪是不一樣的,它們像火
焰一樣輕盈,但是涼涼的,會發出一種很安靜的聲響。」
聽了我的話,Tui 陷入了沉默。

「看，十二點鐘方向，那是酋長的島嶼。」過一會兒，他指著海平線上狀如皇冠的三座島嶼說。

「酋長的島嶼？」

「酋長也是一種職業，而那些島盛產當酋長的人。因為從那裡出來的人都特別威武，可以行走在火上，讓別的部落臣服於他。」

「那你來自哪個島呢？」

「很遠很遠的小島。我的島嶼有時候會出現在一些地圖的邊緣，而且是群島中最不起眼的一個，曾有一次出現在斐濟的地圖中，也曾出現在澳洲的地圖裡。」

「我知道有座島叫法屬波利尼西亞拉帕島（Rapa Iti），島上只有幾百個居民。」

「我的部落有幾十個人。」Tui 說。

「那你們的圖騰是什麼？」

Tui 轉身給我看他背上的紋身。那是兩條交戰的龍，一紅一綠，造型非常卡通，一定是街邊術士的隨意之作，旁邊還有黑色的劍戟。

「你們的島上有火山嗎？」

「沒有，但是有食人花。」Tui 說：「你要再來罐可樂嗎？」

我接過他遞來的可樂，暮色中，酋長們的島嶼越來越近。我開始想像 Tui 的那座小島，就藏在北方的某處波濤中，食人花懶洋洋地張開它美麗的陷阱，樹木那樣安靜、熱烈地生長著，就像亨利・盧梭的畫。

Tui 彈著吉他開始唱〈一切盡在不言中〉（When you say nothing at all）。

「你從哪裡學來這首歌？」

「我曾在一個度假酒店打工，那裡有個英國來的經理，常看一部電影，我就學會了。」

「真的不想去看看北半球的冬天？」

「暫時還不想。」

夜色越來越深，Tui 的白色貝殼項鍊閃著黯淡的幽光。

當太陽落入海面的那刻，我大叫起來：「Tui、Tui ！我見過你的島，就在德國一家博物館的地圖上！」

薩摩亞
SAMOA
W172°25'   S13°35'

有時是海洋
·
薩摩亞
Samoa

今天與明天在斐濟相逢，而薩摩亞，則是一天中世界上最後一個迎來日出的地方。大概是由於這個原因，薩摩亞人寬闊的胸膛裡長著特別善於等待的心，行事風格不疾不徐，有著與外表對比強烈的耐心。好像這一片海域，連波濤都特別輕緩。怪不得熱情的斐濟人會說：「啊，那些靦腆的薩摩亞人。」

我們的嚮導 Rivers 先生就是薩摩亞人的典型代表：高大幽默，一路上從未在任何問題和波折面前皺過眉頭，總是笑著說：「沒事沒事，好得很，大龍蝦馬上就有。」

薩摩亞由兩座被熱帶雨林覆蓋的火山島組成——西北方的那座叫作薩瓦伊島（Savaii），東南方的那座則是烏波魯島（Upolu）。首都阿庇亞（Apia）位於烏波魯島上，兩座島由航程一小時的渡輪連接，歷史上它們曾分別被美國和德國統治。

　　在位於澳洲和美洲之間的廣闊海域中，波利尼西亞群島如星群般散落，而薩瓦伊島是其中僅次於紐西蘭和大溪地島的第三大島。島上的馬塔瓦努山（Matavanu）曾於一九〇五年噴發，它留下的無數遺跡中，除了瀑布和怪石，還有獨特的塔加（Taga）海灘。

　　在薩托阿勒帕伊村（Satoalepai），你可以看到薩摩亞人的生活面貌。圓形吊腳屋與客廳之間隔著小小的花園，而所謂「客廳」更像是座長方形的涼亭，四面敞開，孩子在裡面玩耍，老人在裡面打盹——真正的夜不閉戶。當地的婦女在樹下炒製可可豆。做為當地重要農作物之一，可可也是本地人喜歡的飲料。在咖啡館和餐廳你都可以買到這種飲料，不過與我們平常喝到的熱可可並不相同。這裡的可可香味略帶苦澀，會在舌尖留下麻辣的感覺，十分提神。

　　讓這座村莊與眾不同的是這裡的海龜保育基地。海龜這種大型海洋爬行動物，與恐龍幾乎同時期出現在地球上，這些年卻因為濫捕濫殺與繁殖

環境被破壞，全球數量逐年銳減。做為海龜生活天堂的南太平洋，義不容辭地擔負起了保護海龜的責任。在這些由海水和淡水灌注的水塘中，海龜得以安全生長並繁殖。你不僅可以和海龜一起浮潛，還可以向牠們投食水果，這種親密接觸大概算是對潛水時很難再遇到野生海龜的一種彌補吧。

形狀頗像海螺的薩瓦伊島，在北部有個突起的角，這裡的沙灘因壯觀的日落而聞名。勒拉格托（Le Lagoto）度假村在這裡提供傳統民宿風格的圓形草屋，躺在床上可以看見頭頂層疊的木梁。Le Lagoto 在薩摩亞語中正是「日落」的意思，所以每年都會有許多情侶來這裡舉行婚禮或度蜜月。當然，表白成功的機會也是百分之百——願意跟你來到這裡看美景的人，一定也願意跟隨你走過人生以後的未知。

夜晚來臨，坐在門廊上看星空。斗轉星移之間，你會感覺自己置身的這座島嶼正像落日般緩緩墜入海中。流星自銀河的邊界劃過，而心裡卻連一個願望都沒有。美酒、星空、海浪、晚風，人生何求？

在烏波魯島南岸，也有為情侶們準備的驚喜。海浪日復一日衝擊著火山噴發時形成的海岸，在洛托法戈（Lotofaga）村落附近的礁石間沖刷出了 To Sua Trench（在當地語言中意為「巨大的游泳池」）。沿著木梯一步步走向海平面以下三十公尺處被樹木與藤蔓包圍的池塘，像緩緩踏足一顆冰藍色的心臟。

不過對於我來說，這一路真正的驚喜是島上最高的瀑布，它有一個你看過就絕對不會忘記的名字：啪啪啪啪——噠（Papapapai-Tai）瀑布，沿著環島路向山上開，經過一處平緩的彎道，停車，就可隔著峽谷遠眺它從山頂一路墜跌。或許當初這麼命名它的人不過是為貪圖方便，所以模仿激流拍打岩石的聲響起了名字。

如果你對薩摩亞獨特的傳統感興趣，在烏波魯島的文化村，有特意為

遊客準備的「速成課」。大概海浪有多少種波紋就有多少種草裙舞。大溪地島、夏威夷和薩摩亞都有風格不同的流派，需要有極專業的眼光才能辨別。坐在草地上觀看薩摩亞的少女們表演她們新排練的舞蹈，腰肢款擺，柔軟的手臂如波濤輕揚，韻律讓我想起夜潛途中遇到的海星和水母，清晨撒下的蜜樣朝陽，以及隨風起舞的火焰花。

　　與此同時，男士們正在酋長的帶領下準備午餐。從文化村隔壁的海港裡撈上來的新鮮金槍魚用樹葉包裹，埋入烤得通紅的石塊中，然後再以樹葉覆蓋，真正的熱火朝天。當一曲舞蹈結束，午餐也香噴噴地出鍋了。金槍魚肉盛在樹葉裡，配芋頭，再撒些鹽，新鮮天然是世上最美味的佐料。也不需要餐具，大家坐在陰涼處幾乎吃得狼吞虎嚥。我身邊的 Rivers 先生說：「你瞧，這就是薩摩亞人的生活，女人負責唱歌跳舞，男人負責生火做飯。」

　　在這片千百年來一直如此清澈的海域，在這些常年綠樹繁花的島嶼上，讓我這個外來的遊客很難不想起人生的稍縱即逝。這樣度過一生與那樣度過一生之間，究竟有多少距離，多少障礙？王小波說：「只擁有一生一世是不夠的，還要擁有詩意的世界。」那麼我要在薩摩亞的落日裡，埋下留待來生記取的回憶。

夜晚來臨，坐在門廊上看星空。

斗轉星移之間，你會感覺自己置身的這座島嶼正像落日般緩緩墜入海中。

流星自銀河的邊界劃過，而心裡卻連一個願望都沒有。

茉莉

　　薩瓦伊島，我去過的最南端的島。我之所以踏足其上，是因為在心底牢牢記得，這個小島曾經是一個人的嚮往與牽掛。

　　剛回國安頓下來那會兒，居住條件並不理想。室友茉莉的大眼睛讓我覺得自己租下的北向小房間 CP 值非常高。

　　隨之而來的是早晨的咖啡香，浴室裡殘存的熱帶森林般的悠遠氣息，玄關處隨天氣變化的香水味，而我的資產不過是一塊牛奶皂與一罐潤膚霜。

　　「來看看我的新襯衫。」週末的早上茉莉來敲我的房門，身上是一件白色的男式襯衫。尚等不及我說幾句恭維的話，她已走到床邊，脫下襯衫。這下我完全清醒過來。她將衣角舉到我眼前，裡面繡著一行字：「在心裡，我已經默默愛了你一百遍。」

　　我茫然地看著這行字，彷彿在理解其中的奧義。

　　「浪漫吧？」茉莉轉身披上襯衫，一行黑色的小字如蛇般在她雪白的背上爬行。

　　「那是什麼？」

　　茉莉眨一眨眼睛說：「不告訴你。要看清楚了你就得娶我。」

　　茉莉的床頭掛著一幅海報，那是薩瓦伊島的落日，與

我以為的香閨有些出入。

喝著茉莉煮的咖啡，我問：「你要去薩摩亞旅行嗎？」

「哪裡？」

「你臥室那畫，是薩摩亞的薩瓦伊島。那裡以壯麗的夕陽以及激浪噴發的火山岩海岸著稱。」

「真的？」

茉莉崇拜地看著我，「前男友留下來的。我一直不知道是什麼地方，只覺得很遙遠，大概是我這輩子都不可能去到的地方吧。」

「南太平洋其實沒那麼遠。」

「我真想去很遠很遠的地方度假，就像蔡康永說的那樣──『戀愛就像去很遠的地方旅行，雖然知道無法留在那裡，但依舊很開心。』」茉莉捧著咖啡杯，眼神迷濛地望著一個誰都去不了的遠方，嘴角掛著一個無限惆悵的笑。

我想說，薩摩亞其實沒那麼遠，以及我的不少朋友都留在了遠方，開枝散葉。但她的語氣那樣柔軟，讓人心酸。我的心竅雖覆上了豬油，但尚未硬化成石塊。

所以我沉默地喝咖啡。

「茉莉，你是那種在地面上看著摩天輪轉動就很開心的人吧？」

茉莉認真地思索了一會兒，說：「嗯，如果有人坐在摩天輪裡，就更好了。」

後來我們的友誼發展到一起逛超市。我開車帶她去離住處很遠的一家，因為那裡有我喜歡的進口氣泡水。等我採購完畢，發現茉莉呆呆地站在餅乾貨架前，死盯著一疊綠色的餅乾。

「這麼貴的餅乾！」看完標價我詫異萬分。但是茉莉

沒有要走的意思，低垂的長睫毛上正有亮晶晶的液體要掉落。

「我買給你。」我塞一盒到她手裡，她立即寶貝似地抱在自己的懷裡。

「你知道這餅乾盒是哪裡產的嗎？」回程的時候茉莉突然在副駕駛座上自問自答，「是渥太華郊區哦。」

我一言不發等她說下去。

「紙盒從生產線上下來，需人工折疊，留下折痕後再壓扁裝箱。那個流水線一年三百六十五天，一天二十四小時開放。你去到那裡，折好盒子後裝入大箱，每週領取薪水。在那兒可以工作二十四小時，你可以隨時去賺零用錢。」

我沒有回頭，但我知道她哭了，車廂裡彌漫著淚水的味道，像下雨前的大海。南太平洋溫柔的波濤輕輕在暮色中歌唱。

「我折了那麼多餅乾盒子，攢夠了回程的機票，但從來沒有在超市見過這種餅乾，直到今天。」

我想說：「不要難過，會相逢的註定要相逢。」但又覺得這話假得像一塊錢一束的塑膠花。

最後，我說：「你瞧，世界多奇妙，這個盒子說不定就是你折的呢。」

茉莉抹著眼淚說：「嗯，或許就是我折的。我就像坐在摩天輪裡那麼開心。」

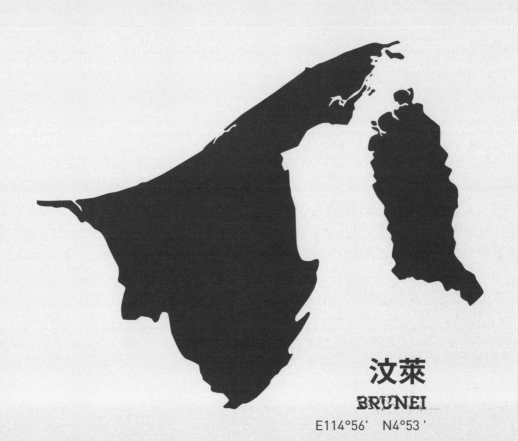

汶萊
BRUNEI
E114°56'　N4°53'

來自真心

·

汶萊
Brunei

　　三十五度的高溫，以及接近九十五％的相對濕度，讓汶萊的夜色像一塊潮濕的熱布，將剛下飛機的我緊緊包裹。

　　這是我第二次踏足信奉伊斯蘭教的國度，航班起飛前，電子螢幕上出現了《古蘭經》片段，吟誦聲縈繞整個機艙。從那一刻起，我就知道這將是一次與以往不同的旅程。從前那些旅途中積累的經驗或許是很好的借鑑，也很可能毫無用處。

　　取過行李，儘管早已被告知在汶萊遇見公車的機率接近遇見蘇丹，但依舊出於好奇，試圖在機場外研究該如何搭乘公車或者租車前往酒店。可惜公車站難覓蹤跡，租車公司也早已打烊。一個穿傳統馬來服裝的老者觀察我良久，確定我沒有車也無人來接之後，才走過來彬彬有禮地問：「女士，你需要計程車嗎？」

　　溫度、英語路標以及整潔但並不寬闊的街道，讓車窗外的斯里巴卡旺和新加坡如此類似──直到傑米清真寺壯觀的金頂出現。

Negara Brunei Darussalam──「和平之邦」汶萊，聽電臺主持人無限深情地唸出這個名字，簡直像在聆聽詩歌朗誦一樣。

汶萊人都知道這麼句話：「全汶萊只有兩個大帥哥──吳尊與蘇丹哈吉‧哈山納‧包奇亞（Haji Hassanal Bolkiah）。」吳尊以優質偶像形象在娛樂圈打開知名度，從而使得「汶萊」這個國家成為無數青春少女的嚮往之地。而蘇丹哈吉‧哈山納‧包奇亞溫文儒雅、風度翩翩，且也是年少成名。留學英倫期間，他從父親手中接過治國重任，那時年僅二十一歲。在被比爾‧蓋茲奪去全球首富的桂冠前，他一直是全世界最富有的人──儘管如此，在《富比士》雜誌公布的王室富豪榜上，他依舊數度蟬聯冠軍。

有為又帥氣的蘇丹，簡直是完美的白馬王子。但蘇丹哈吉‧哈山納‧包奇亞的感情生活並非童話般完美，甚至有些浪漫的悲情，讓仰慕者們浮想聯翩。一九六五年，蘇丹哈吉‧哈山納‧包奇亞與王后薩拉赫結婚，薩拉赫是他的表妹，同樣擁有皇族血統。兩人生有四女兩子，長子穆赫塔迪‧比拉就是現任汶萊王儲。

　　最常被汶萊人提及的是蘇丹於一九八一年迎娶的第二任妻子米麗亞姆・阿布都・阿濟茲，她曾經是汶萊皇家航空公司的空姐，兩人的結合是最夢幻的灰姑娘傳奇。婚後兩人育有二子二女，兩位公主更是以美貌獲得了全民仰慕。但這段童話般的婚姻維持了二十二年後在二○○三年畫下休止符。王妃選擇離開汶萊，遠走英倫。

　　二○○五年，包奇亞蘇丹迎娶了比他年輕三十三歲的馬來西亞女記者亞茲麗娜・瑪茲哈。蘇丹選擇在馬來西亞首都吉隆玻的行宮而不是努洛伊曼皇宮裡舉辦簡單的婚禮，只有王室成員、王族親戚以及部分關係親密的好友獲得了邀請。這門婚事不僅跨越了年齡差距，而且還是「跨國組合」。

　　曾是馬來西亞全民偶像的亞茲麗娜・瑪茲哈以驚人美貌和出眾才華擁有無數擁躉，她成為汶萊王妃後長居深宮，分別於二○○六年和二○○八年為蘇丹生下了 Abdul Wakil 王子和 Ameerah Wardatul Bolkiah 公主。二○一○年，兩人的婚姻宣布結束。蘇丹寫下一紙休書，但流言卻說是王妃選擇了投奔自由。

　　汶萊法律規定，所有營業場所必須懸掛蘇丹與王后、王妃的肖像。所以汶萊人民現在還都清晰記得蘇丹與第二任王妃仳離時，各大場所紛紛撤下王妃肖像的場景。但不知出於什麼原因，三王妃的肖像從未與蘇丹和王后的肖像一同懸掛在公開場合。

　　如此顯赫的身世，卻偏偏在兩段自己選擇的婚姻裡都沒有堅持到白頭。感情的事從來沒有標準答案，這兩段婚姻破滅的原因更因當事人的特殊身分而永遠無法得到解答，只能臆測，或許永遠都沒有公布於世的時候。

　　下榻的棕櫚花園酒店（Palm Garden Hotel）藏在清真寺不遠處的黑暗中，必須經過一段無燈的公路才能到達，兩側是水塘和樹林，蛙鳴讓我彷彿回到了童年暑假。放下行李，一看手錶已經是晚上十點。饑腸轆轆的我帶著渺茫的希望打電話給櫃檯，問附近是否有夜市。得到的答案居然是：「有，開車大約五分鐘。」

　　「步行呢？」

　　電話裡一片靜默，良久才聽到櫃檯困惑地說：「步行也能到，但是你

確定要走過去嗎？」

　　這個因為石油與天然氣富國的國家，平均每戶人家擁有兩輛汽車，國家提供免息車貸，每升油價更是以「角」計算，真正比水都便宜得多。除了市區少數收費停車場外，到處都是免費停車位。而所謂的收費停車，價格是五角汶萊元，折合人民幣兩元五角（臺幣十元）。如果你不小心忘記付費，會收到非常正式的罰單，罰款額度：五角，就近到便利店繳納。

　　在這樣的地方，當然沒有人願意走路。

　　就在我前往加東夜市的這十五分鐘時間裡，被熱心的司機搭訕了四次，他們想知道我要去哪裡，要不要搭車。我正在擔心這輩子的搭訕指標都在這個國家用盡了的時候，有個大叔隔著條寬闊的水溝拚命揮手，我大喊著告訴他目的地之後，他大喊著告訴了方向，又大喊著表示要送我去夜市。

　　大概是航班起飛前的那段祈禱，讓我將汶萊預設成了宗教氣息濃郁的國度，入境單上對遊客攜帶菸酒以及香水數量的嚴格控制也難免叫人狐疑：「是不是這裡的居民都在蘇丹的統治下過著日出而作日落而息的拘謹生活？」

但是加東夜市的熱鬧讓我詫異不已：深夜了，這裡依舊人山人海，色彩豔麗的新鮮水果與火燒火燎的燒烤攤前顧客成群，都是拖家帶口，一派熱鬧紅塵的景象。點了幾串燒烤，又叫一杯飲料，最後在炒飯攤坐下。大廚替我端來炒飯之後，不時偷偷打量我。

那炒飯味道真是好，賣相樸素，滋味濃郁。吃完後發現大叔在朝我笑，然後鼓足勇氣似地過來說：「你的相機真不錯，來張合照吧？」

斯里巴卡旺是座容易被沒有耐心的遊客形容為無趣的小城，但這裡友善熱情的居民卻讓她成了我心目中最難以忘懷的城市。英文有句話叫「from the bottom of my heart（發自內心）」，我在汶萊再次體會到這話最原本的含義：魚市上的漁夫會不辭勞苦把最大的魚從冰庫拿出來讓我拍照；在路邊等計程車的時候會有當地人為你指路，走開後又不放心地折回，將你送回酒店；過馬路的時候司機會遠遠地就減速，耐心等你過馬路；不小心掉了東西，會有人妥善保管等你回去拿；在商店購物，你拿出信用卡要求刷卡的時候，店主會笑著說：「我給你打折！」在汶萊的這些日子，從驚訝到忐忑再到感動，我終於習慣了陌生人的善意。

在汶萊的這些日子，我每天餐前都會點一杯冰鎮荔枝水，彷彿只有這種甜美的飲料才對得起汶萊的甜蜜。

離開市區前往婆羅洲的路上，去當地部落長屋吃午飯。長屋是伊班族的傳統居住方式。曾驍勇善戰，以獵殺敵人頭顱多寡決定社會地位的伊班族，總是時刻保持警覺。對鳥類習性瞭若指掌的他們，自己也活得頗有「驚弓之鳥」的意思。長屋的設計就是易守難攻，不僅可以讓族人住在一起，單一的入口也可抵擋敵人的進攻。很久以前，男性伊班族人會將獵得的人頭懸掛於客廳，如今這種場面早就是傳說了。他們會熱情地邀請你去他們的長屋做客，客廳裡懸掛的則是蘇丹和王后的照片，以及一對美麗的鹿角。

拿來待客的竹筒飯使用的並不是隨意找來的竹筒，而是內裡汁水豐沛甜美的青竹。雞則是散養在叢林中，奔跑的時候個個容光煥發。男人們生

起火來，將竹筒架起，並注意著火候。女人們則端出了傳統的點心，都以鮮花點綴。

　　彩色的木質長船在河中漂流，大約兩小時的船程，幾乎稍縱即逝。度假村沿河而建，午後就是廣袤的婆羅洲叢林。

　　到傍晚，缺席了一個多星期的雨終於開始墜落。那酣暢淋漓的架勢，彷彿要把全世界的雨水悉數給這片雨林。我們就著閃爍的燭光吃著美味的羊排與牛排，我伸手將酒杯舉到屋簷外，不多時清透的雨水就將酒杯注滿。晚餐快結束時，豪雨終於止息，喧鬧的雨聲停止了，但雨林卻從不安靜。各種鳴叫與長嘯，各種頻率互相應和，因黑如濃墨的夜色而更覺深遠。

　　婆羅洲的清晨，我們順流而下。陽光正細細描摹每棵樹的輪廓，連最細微的脈絡都不忽略。偶爾的微風送來河水和樹的呼吸。

　　循著水聲來到瀑布下，脫下鞋子走進那片清涼，瀑布下的小魚幾乎是蜂擁而來，迫不及待地啄食起我的腳來。幾乎要用盡自制力才能忍住那麻癢的感覺。也不知道下一次牠們這樣飽餐會在什麼時候，所以我帶著某種「自我犧牲」的精神享受著牠們專業又熱情的服務。

　　或許我不是被眼前的景色打動，而是為自己不辭辛勞遠道而來的努力。婆羅洲雨林，下午三點，坐在涼爽的河流中看世界流淌而過。沒有比研究卵石的紋路更要緊的事。

　　路易威登的廣告裡說：「A single journey can change the course of life.（一次旅行就能改變生活的軌跡）」，但更多改變並非一蹴而就，旅行帶給你的影響是潛移默化的。汶萊的美好，就像她產的沉香，平靜細微但如此深廣，讓你不知不覺為之著迷。

直到死亡將我們分開

　　汶萊是個世外桃源般的國度，但太完美的東西在有毀滅傾向的人眼裡難免無趣。快艇終於離開斯里巴卡旺碼頭的時候，我感到一陣茫然。

　　快艇掠過曲折的河道，繞過馬來西亞領土，四十分鐘之後抵達汶萊國家森林公園的碼頭。中午的烈日下，碼頭上空無一人。等我的眼睛適應了光亮，才發現陰影裡站著一個皮膚黝黑的男人。黑髮，白汗衫，比一般東南亞男人高，但一樣瘦，一樣沉默。他說他是我的嚮導，叫安迪。

　　我隨他到碼頭另一邊搭木質長船。同行的還有一個掌舵的船夫，過來幫忙安頓我的行李。起航後，安迪一直手握長杆盤腿坐在船頭。

　　婆羅洲的烈日下，我們艱難而靜默地逆流而上，耳邊只有引擎和鳥鳴，經過兩個多小時的跋涉才最終抵達雨林的中心。

　　安迪帶我去木屋安頓下來，然後商議第二天的伊班族探訪行程。包圍我們的這片叢林可以滿足你對熱帶雨林的所有想像：遙遠、熱、茂盛、野性、與世隔絕、物資匱乏。生活在這片叢林裡的伊班族人崇拜鳥類，認為那些美麗的羽翼上書寫著他們的命運。

　　「他們的另一個愛好是搜集敵人的頭顱，懸掛在自家客廳。」

　　安迪說：「我剛開始當嚮導那些年，常帶遊客去看頭

骨。」

我挑眉表示懷疑。

「但如今是文明社會了，他們會表演歌舞給你看。」
安迪補充道。

晚飯時暴雨如注，雨聲響得根本不必費勁寒暄。但安
迪卻近乎喊著對我說：「太好了，你把雨帶來了！已經兩
個多星期沒有下雨，這絕對是非常非常少見的事。」

此刻我才明白來的路上他為何有個如此嚴肅的背影：
太久沒有下雨，原本寬闊的河道如今亂石林立，險礁處
處，船夫必須從他不斷變化的微妙手勢裡決定方向。

閃電正用一種極暴力的方式描摹每棵樹的輪廓，閉上
眼睛，轉瞬即逝的強光在視網膜留下青紫色的幻覺，像蜿
蜒的毛細血管。

我把玻璃水杯伸出廊外，只幾秒鐘就已注滿。即便河
面漆黑一片，依舊能感覺它在暗中迅速上升。

雨停得和下時一樣突然，寂靜和連綿的鳥鳴與蟲叫一
起再次降臨。

「現在下河游泳，會被沖走吧？如果我被雨水沖走，
沒有人會知道吧？」我問。

「不用為省一點兒船錢冒這個險，你買的船票包回
程。」安迪收拾著餐具說。

「你在這裡當導遊多久了？」

「六年。」

「沒有想過回城裡？」

「旅行社人手不夠的時候我也會去接客人。」安迪收
拾好餐桌，坐下來。

「準備一直在這裡住下去？怎麼找女朋友呢？」

「回城裡也沒多少選擇啊。」安迪歎息：「我是華裔，
根據伊斯蘭教義，娶信仰伊斯蘭教的小姐必須入伊斯蘭教

改姓。那比入贅還麻煩，我媽就我一個兒子，絕不會同意的。」

我看了一下手機，沒有信號。

「要不要唱卡拉OK？」安迪問，「發電機沒問題，我們有足夠多的電。」

充當餐廳、會議室、酒店大堂的房間裡有一部電視和VCD播放機，翻了一下，有張中文流行曲集錦，全是二十世紀九〇年代的熱門曲目。

「這首我會！」我選了〈我知道你很難過〉。

唱完的時候，安迪大力鼓掌。

「大學時候的男朋友喜歡這首歌，特意練過。」我說。

　　「後來呢？」安迪問。

　　「後來他跟別人跑了。」我說，「我添油加醋寫了本小說，賺了一筆稿費。」

　　我把麥克風遞給安迪，他猶豫了半天，不情不願地選了〈男人哭吧不是罪〉。他說每一首都唱過幾百次，但儘管如此，還是很投入。

　　「你大學時候的女朋友呢？」他一唱完，我就問他。

　　他想一想，說：「我們在一起兩年，後來我喜歡上別的女生，要和她分手。她半夜喝清潔劑自殺。我以為她開玩笑，趕過去的時候她已經倒在客廳地板上了。」

　　電視裡開始放周杰倫的歌。

　　「她被搶救過來，非常辛苦，但活下來了。她問我為什麼要分手，我只會說對不起。」安迪聳了聳肩膀，苦笑。「第二天全學校都知道有個女生為我自殺。後來兩年，我沒有交過女朋友，但在學校看到她會手足無措，很想繞道走。畢業之後去馬來西亞做導遊，再後來回汶萊，到這裡工作。」

　　我想來瓶冰啤酒，敬一敬這連死亡都無法讓其回還的愛情。可惜全汶萊都沒有酒精飲料出售，更別說在這片深夜雨林。我喝光了玻璃杯中的雨水。

　　離開汶萊一個多月之後，我在機場等早班飛機，正要關機的時候看到安迪的簡訊。

　　「你好嗎？這個國家真的太小了，也可能是這個世界太小。」他說，「昨天回城裡接幾個客人，剛才我在碼頭遇到了她。她還沒有結婚，當了律師，很有作為。」

菲諾港
PORTOFINO
E9°12' N44°18'

流波上的舊夢
·
菲諾港
Portofino

　　因為機票問題滯留米蘭的那個秋天，運氣卻又突然轉好，連需要預訂
輪候的〈最後的晚餐〉也順利瞻仰到了，在達文西的名作前呆立半晌，苦
苦思索接下去的三天是往左還是往右：往右是熟悉的威尼斯和亞得里亞
海，而左邊則是聲名在外卻不曾親見的小村莊菲諾港與利古里亞海。

　　最後，硬幣告訴我說，還不到重回威尼斯的時候，應該去陌生之地冒
險。

　　就像愛麗絲掉進兔子洞一樣，我意外來到了菲諾港。這座常居人口不
足五百人的小漁村，建在山谷間的海灣旁。建造她的羅馬人將其命名為
「海豚灣」（Portus Delphini）。附近的海灣裡曾住著成群的海豚，而這
裡的居民也以捕魚為生。只是窄小的港口無法滿足居民生活所需，這座小
漁村也在各個貴族家族和行政區之間幾易其手，頗有些雞肋的意思。直到
十九世紀末期，她的美麗才被更多歐洲貴族發現。他們搭乘豪華馬車而
來，只為享受南意風情，又不必舟車勞頓、放下身段去南方。二十世紀五

○年代，旅遊業取代捕魚業成為菲諾港的支柱產業，辛勞幾代的漁民們將
港口邊的房子以天價出售，到大城市過快樂日子。曾經停泊在港口的漁船
已被私家遊艇取代，當我從酒店穿越棕櫚樹與橄欖樹林，沿山坡走到碼頭
廣場，驚訝地發現面前這些塗成豔麗顏色的老房子是這麼眼熟。我書房裡
有一本一九六一年出版的《生活》（LIFE）雜誌，封面正是眼前的這排
房子！曾經引導漁民歸航的彩色牆面如今已是這座小村莊的標誌，甚至連
咖啡館的遮陽棚都按照當初的款式、花紋，一一原樣更新。站在這世界馳
名的廣場中央，彷彿走進了雜誌的封面。

　　到這個時候我開始相信所謂「天意」，輪候不到的機艙位就是為了成
全這場與夢想的偶遇。
　　下榻斯普蘭迪多（Splendido）酒店則是一個比夢想更夢幻的選擇。決
定選擇這家建在山頂上的酒店只為了菲諾港的官方宣傳頁面上那句：「俯
瞰海灣，以古董家具裝飾的房間有一種『童話般的品質』」。直率的編輯

最後還不忘加一句：「我們推薦這家！」

這座由古老別墅改建的酒店位列全歐洲二十大最佳酒店，經理興奮地向我展示店裡那本棕色燙金封面的簽名簿——你能想像到的名流、超模、巨星都在上面留過言，最近的一位貴客是瑪丹娜，她在這裡慶祝自己的生日，賓客名單裡有的是奧斯卡影后與影帝。

做為唯一的單身女性住客，我的出現引起了餐廳領班和大廚 Corrado 的注意，領班拿來好幾瓶香水似的橄欖油讓我品嘗。「感覺到了嗎？本地產的橄欖油比西西里島和卡布里島生產的要柔和很多。」大廚則端來新出爐的比薩以及無花果燻肉冷盤，無法決定為我做什麼甜點才好的情況下，端來三份甜點。「你都嘗一下，不管胃多小，總是有留給甜點的地方。」他眨著眼睛說。不甘心被搶了風頭的領班指著對面山頂上的棕色城堡說：「看見嗎，那是 Dolce & Gabbana 的城堡。Giorgio Armani 的城堡則在那邊……」

美麗的景色不是沒有見過，但菲諾港精緻的慵懶卻獨有其風味。看似隨意的度假裝束卻也是以 Superga 的白球鞋與 Persol 玳瑁眼鏡搭配卡布里出品的上好白麻襯衫，十五世紀居住在這裡的貴族們留下揮之不去的奢靡傳統。

出海歸來，在橄欖園享受露天皮膚護理，照顧被晒成粉紅色的皮膚。晚上在陽臺眺望港口廣場的燈光，寶藍色的 Frette 浴袍像一個溫柔的擁抱，夜風裡飄來橄欖樹的清香和斷續的鋼琴聲。而寶藍色絲絨天空裡，是道完美的月牙。那一刻突然覺得，要放下所有塵世煩惱，迷醉在溫柔鄉是多麼容易的事。這段歧路風景，終將成為難忘的記憶。

美麗的景色不是沒有見過，但菲諾港精緻的慵懶卻獨有其風味。
十五世紀居住在這裡的貴族們留下揮之不去的奢靡傳統。

有月牙傷疤的人

他是我回國前的最後一個客戶，校友安德魯在瑞士滑雪摔斷腿，不得已將這肥差拱手讓給我：「倒不是想做好人，實在繳不起這違約金。你與我資歷相當，完全符合他們苛刻的要求。」

合約規定我做為攝影師隨行記錄拍攝，自巴黎出發，經德國，由瑞士入境義大利北部，為期七天。圖片無須處理，每天拍攝結束必須立即把記憶卡交給客戶。

我本想嘲笑一向孤傲、為藝術守身的安德魯也終於為五斗米折腰，但一看報酬數目，閉了嘴。乖乖收拾器材到滑鐵盧車站搭歐洲之星到巴黎，抵達香榭麗舍邊的喬治五世四季大酒店時，天還沒有黑透。法語如氣泡飄蕩在耳邊，比起連幽默感都如過期麵包的倫敦，巴黎確實有種輕盈的流動感。

報上姓名，櫃檯彬彬有禮地交給我一張房卡和一個信封，裡面是三張記憶卡、一疊小額歐元現金、一張支票和一張詳細的行程單。我們將穿越法國北部與比利時，途經漢堡前往波羅的海邊上的盧貝克。

我的金主按時出現在大堂，並沒有累我久等。年輕的華人，態度和善，上車前為我開車門，鼻梁上架著 Persol 的古董玳瑁眼鏡，手腕上的金錶是我曾想貸款買的那個牌子。

　　從鏡頭裡，我看見他的臉頰上有一道淺淺的月牙形傷疤。我們沒有互相介紹，甚少交談，一路沉默著在兩天裡經過比利時進入德國，行程都已在導航儀中設置妥當，不過是按時進餐與投宿。我漫無目的地按著快門，他很紳士地忍耐著快門的聲音。

　　路過漢堡的夜晚，我們寄宿在漢堡湖邊的豪華酒店。第二天，我們就該入境瑞士。深夜電話響，一個遙遠的女聲強裝鎮定地用英文說：「可否麻煩您讓 G 先生接電話？」

　　「我不知道他在哪裡。」

　　「不好意思，我是他的助理，突然聯繫不到他。能否麻煩你代為找一下？」

　　彼時我的失眠已經很厲害，橫豎無法入睡，乾脆披上外衣出門。湖上漆黑一片，傍晚那些天鵝不知去了哪裡。

　　他坐在湖邊。

　　天幕中的上弦月是淺淺的奶黃色，我想起他藏在暗中的傷疤。「如果你仔細看，會發現月球的暗影。除了滿月那天，月蝕每天都上演。」

　　我聳聳肩：「這光線太暗，我拍不了，到時不要扣我工錢。」他不置可否，問：「你怎麼找到我的？」

　　「第六感。」我答，心裡卻說：「食人之祿忠人之事，我是聞著酬勞的味道找來的。」

　　「那你的超能力知道我接下來想去哪裡嗎？」他居然是會開玩笑的人。

　　「Table Dance（脫衣舞）？」我打著響指說。

　　「猜對了。」

　　計程車停在街口，我跟著他穿過小巷，如走迷宮。他

在一道不起眼的黑色木門前停下，掏出磁卡來，門上破舊的對講機竟是感應器。

我從未踩過如此軟的地毯，像奶油般叫人心驚又覺暢快。水晶燈從天花板上似飛瀑落下，輕拂地面，星一樣的光濺得四處都是。

「有沒有紅絲絨鞦韆？」我輕聲問。

一位金髮女子款步朝我們走來，他們以德語互相致意。起初我以為她未著寸縷，待走近才發現那是一襲肉色薄紗裙，上面綴滿水晶，那條裙子像是長在她身上一般。我不禁為摔斷腿的安德魯叫屈，他從沒雇到過這麼美的模特兒。

「你在想什麼？」他用中文問。

「她怎麼把這條裙子穿上身的。」我說。

他笑了：「我想的，正相反。」

馬爾他
MALTA
E14°30'　N35°53'

來去自由
馬爾他
Malta

　　疲憊的聖者、泛白的陽光、年輕的肉體、荒蕪的島嶼、不停歇的海浪。馬爾他的旅行讓我對歐洲有了新的認知，不再拘謹，不再繁複，一切都像在午後颳過曠野的大風，簡單直接，充滿陽光和塵土的味道。

　　依舊記得深夜兩點出發去機場時的寒冷，天亮時卻已經置身於地中海的豔陽。出機場就有公車公司的工作人員幫我辦公車卡，一張不到四歐的全日票可以讓你乘公車走遍島的各個角落。幾乎沒有遇到過這麼輕鬆的異國他鄉之旅！立即奔往無數次出現在明信片與宣傳片中的舊城瓦萊塔，她那些起伏的街道比舊金山還壯觀，而黃色舊屋與圓頂教堂散發出輝煌與虔誠的氣質，讓愛上馬爾他成為一件多麼容易的事。在這裡，我甚至遇到了單位面積內窗戶最多的房子！怪不得李奧納多・狄卡皮歐的《全面啟動》會在這裡取景，因為沒有比這裡更接近瘋狂的夢境。

　　下午三點，瓦萊塔成為一座金色的城池。情侶牽手走過，鴿群振翅，那場面甚至比電影更魔幻。

　　我喜歡年歲悠長的老街,而瓦萊塔舊城區的老房子破舊得雅致又滄桑。顏色各異的大門上那些造型獨特的黃銅門環,總讓我想上前去叩門,看看門後的景色。統計一下,出現頻率最高的還是長著三叉戟尾巴的海豚,它們曾在二十世紀七〇年代到八〇年代出現在馬爾他的軍隊徽章上,也曾是馬爾他的象徵。如果喜歡,老城區的中心廣場上有店鋪出售各種黃銅門環,價格公道。

　　誤打誤撞還去到公眾廣場的大教長宮(Grandmaster's Palace),它是國會的一部分,總統在此辦公,卻依舊對外開放。這裡同時也擁有世界級的盔甲收藏,彙集義、德、法、西以及土耳其製造的佳作。盔甲的魅力就在於,象徵著冷兵器時代卻讓人有血液沸騰的熱血感。其中不少盔甲屬於「馬爾他騎士團」——這個已存在近千年的神祕組織,如今依然存在,引得無數粉絲來這裡了解它的昔日榮光。

除卻主島，馬爾他第一大離島哥佐島（Gozo）也是熱門目的地。一早去街角的紀念品店裡買了觀光巴士的票，等車來接我去碼頭。馬爾他是蜜月熱門之選，蜜色的陽光裡都是浪漫氣息。來接我的司機是個白髮蒼蒼的老爺爺，他看了看我身後，發現沒有同伴，驚訝地說：「你是一個人呀？這可不常見哦。」

這話讓我當場決定，晚飯吃兩人分量的海鮮大餐，好好來一桌牡蠣、紅蝦與紅斑魚。

渡輪駛離碼頭，陽光正在點燃深藍色的地中海，四下寂靜，彷彿盛大演出前屏息等待的那刻。哥佐島像一座金色的荒蕪城，慢慢出現在渡輪前方。紅色觀光巴士繞島一周，最終抵達哥佐島盡頭的藍窗，狂風呼嘯，巨浪拍岸，我在懸崖盡頭憑藉體重得以倖存。如此壯闊景象，我拿出手機拍影片，頗有唐吉訶德戰風車的勇氣。而和我同樣勇敢的是一個紅頭髮的法國小男孩，他小心翼翼地朝著岩石邊緣走去，然後在安全地帶停下腳步，擺了個「我才不怕你」的造型。我們交換一個會心的微笑，一起接受海浪的挑戰。

一九六四年獨立之前，馬爾他這顆「地中海的心臟」曾被腓尼基人、羅馬人、阿拉伯人、諾曼人先後占領。經歷過這麼多征戰，樂觀隨和的馬爾他人選擇象徵幸福的矢車菊為國花。《小美人魚》的開頭最適合送給這片海：「水是那麼藍，像最美麗的矢車菊花瓣，同時又是那麼清，像最明亮的玻璃。」

你知道馬爾他在哪裡嗎？就在西西里島的對面，地中海的中央。那裡的歷史輝煌曲折，居民友善熱情，景致風情萬種，總之，你一定要去。

奔往無數次出現在明信片與宣傳片中的舊城瓦萊塔，

它那些起伏的街道比舊金山還壯觀，

黃色舊屋與圓頂教堂散發出輝煌與虔誠氣質，

讓愛上馬爾他成為一件多麼容易的事。

喀秋莎

　　喀秋莎是我在馬爾他時的私人酒店管家。在那座宮殿般的高級酒店裡，如果需要什麼幫助或者服務的話，不是打電話給客房部，而是她。她會在五分鐘之內穿著黑色管家制服出現在房間門口，一頭如假包換的金髮整齊得總讓我想起「嚴絲合縫」這個詞。

　　雖是初次見面，但我總覺得與她交情匪淺，因為在等待辦理入住手續的十分鐘裡，我已經深入了解了她近十年的人生歷程。

　　「我爸爸曾說，要讓我閉嘴，得先殺了我。」她用手掌比畫了一個抹脖子的動作。

　　故事的開頭很浪漫。一個來自聖彼德堡的藍眼睛女孩愛上一個灰色眼睛的拿坡里男子，「他捲曲的濃密黑髮就像地中海的波濤。」她說。為著追隨這片溫暖的地中海，她辭去工作，毅然決然隻身前往義大利。唯一的線索是抄在紙片上的位址，那是在聖彼德堡一家賣假酒的酒吧裡，用酒保的簽字筆潦草寫下的。等那個門牌號終於出現在她面前，住在那裡的人說他早已經搬走。

　　倔強的喀秋莎在這個「建在火山口上的要命城市」留了下來，堅信他們會重逢，或許是街角的比薩店，或許是週日的教堂，或許是遊客雲集的海灘，又或者是前往卡布里的渡輪……

總之，我們會重逢的。在下次火山爆發吞噬一切之前。

為了那場不久必定發生的重逢，喀秋莎找到穩定工作，租下一間小公寓，安裝好網路再次登錄自己的「臉書」時，正趕上他直播與新女友的美好生活。

那年深秋，喀秋莎在下班的計程車上搖下車窗，雪花紛雜，捲在冷風裡，撲面而來。原來地中海的冬天來了，和俄羅斯的並沒有什麼差別，甚至有種更寒冷的錯覺。

「司機是個沉默的紳士，在黑暗裡抽菸，也不阻止我。最後他說：『小姐，你知道你需要什麼嗎？你需要一張電熱毯。』」

喀秋莎打了長途電話給父親，請他快遞電熱毯。然後她抱著電熱毯路過西西里，來到了馬爾他。

「你知道嗎，我以為自己好不了了，但在最最悲傷的時候，發現自己需要的不過是一張電熱毯。」喀秋莎帶我去吃海鮮大餐。餐廳建在懸崖頂端，俯瞰藍色的地中海。上頭盤菜的時候她這樣總結自己的那段愛情。

乾掉一瓶香檳之後，她兩頰緋紅，金髮顯得更亮了。她湊到我耳邊說：「你知道，我喜歡的一個日本作家三島由紀夫曾寫過一句詩：『我心裡有猛虎，細嗅薔薇。』」

「這可能是一個英國人寫的，他叫 Siegfried。我之所以記得這名字，是因為它很像百貨公司的名字。」

「哦？真有意思。我一直以為這是三島寫的，因為裡面有某種特別日本的東西，絕望與希望啦，克制與暴戾……諸如此類。」

我咀嚼著她的話，這時魚子醬上桌了。

「無所謂，誰寫的都無所謂。」嫌棄貝母勺太細巧的喀秋莎，從名片盒裡拿出名片鏟一勺魚子醬放進嘴

裡。「我知道這猛虎終有一日會大口咀嚼併吞咽下那些花瓣。」說完，她朝我眨一眨眼。

　　後來每當困苦或無助，我都會想：「或許，揮開那些自怨自艾，我們需要的只是一張電熱毯？」

斯里蘭卡
SRI LANKA
E79°50′ N6°56′

安靜的力量
·
斯里蘭卡
Sri Lanka

　　二〇一三年的第一場旅行前往斯里蘭卡。毫無意外，我的行李箱裡是麥可‧翁達傑的小說《菩薩凝視的島嶼》。

　　旅程從斯里蘭卡的西海岸開始，這裡以觀鯨與海豚聞名。珊瑚礁度假酒店（Bar Reef Resort）隱藏在卡爾皮提亞（Kalpitiya）半島的阿蘭庫達（Alankuda）沙灘，樹影婆娑。她以私密的花園、露天的浴室以及印度洋粉紅色的清晨迎接我們。

　　黎明時分，燃了一整夜的煤油燈漸次熄滅，空氣中依舊殘留著煤油的氣味，昆蟲的鳴叫被鳥鳴取代。我們乘快艇出海，鯨魚沒來，但有成群的海豚。

　　牠們鳴叫著躍出水面，畫一道全宇宙最溫柔的曲線，然後消失無蹤。這是年少時在電影《碧海藍天》中見過的景象。舵手關了引擎，海豚群將我們包圍。這麼熱情的致意讓人受寵若驚。

　　那一刻，我終於有些明白為什麼傑克會放開繩索游入深海。

回程途中，充當嚮導的少年還為他住在臨近村莊的朋友送去了報紙，
友人則以生魚回禮。他們在船頭簡單寒暄，然後揮手道別。陽光越來越強
烈，快艇風馳電掣地掠過一波波海浪。回到酒店時，茶與咖啡，以及單面
煎蛋已經在沙灘邊等待。

這樣閒適的海邊小鎮生活，沒有電話、網路、電視，只有海風的味道。
曾經構思過一個故事，故事最後女主角在熱帶的海邊小鎮開了家舊書店，
店裡都是看漫畫和武俠的少年，晚飯去市集買海鮮和蔬菜回家做湯。在斯
里蘭卡的西海岸又想起這個被擱置很久的故事，發現自己內心的嚮往會在
不知不覺間實現。

下午是漫長的車程，我們穿越斯里蘭卡的鄉間小道前往丹布勒
（Dambulla），海浪的顛簸感與鼻尖的鹽香尚未散去，農田與湖泊蔥蘢的
涼爽將我們包裹。中途在小村休息，一對年輕夫婦用屋角的土灶為我們煮
了紅茶。紅茶配椰子蜜糖塊，甜美醇香。陽光從茅屋的縫隙裡投射下來，
屋外的香蕉樹結了偌大一朵蓮花般的粉色花蕾。

　　丹布勒是斯里蘭卡的心臟地帶，這裡的石窟寺（Cave Temple）是全島保存最完好的岩洞寺廟，一九九一年成為世界文化遺產。大大小小五個岩洞共存有一百五十三尊佛像，祂們與岩石肌理綿延的岩畫一起，講述著釋迦牟尼的生平。

　　寺廟由工匠自山頂的岩石中挖鑿而出，中途的山坡上有賣蓮花的老婦人，她在漸漸變濃的暮色中兜售盛開的乳白色蓮花。年輕的情侶路過買沉甸甸的一束。這些蓮花與茉莉花環被供奉在佛像面前，不久就枯萎。佛陀是以此方式開導眾生，痛苦是朝生夕死的幻覺，生命本身也不過如此。珍惜此刻，便領悟永恆。站在岩洞內抬頭仰望，陽光正無聲地照耀著那些寶相莊嚴的面容。

　　這裡也是猴子的樂園，牠們絲毫不躲避，見有人來，從樹林中跑出來，向遊客索要食物。這些岩洞在西元前二世紀或三世紀時就已經存在。人們相信，國王 Valagambahu 在西元前一世紀時把岩洞建為寺廟，因為在他流亡的漫長歲月之中，此地的僧侶曾為他提供庇護。而十八世紀時，以康提為都的國王們命工匠以天然顏料在岩壁作畫。這些極易被侵蝕褪色的圖案繁複聖潔，記述了佛陀的故事與教義，那些美麗的佛像與蓮花在往後的年代被一再修復描繪。都說時間戰勝一切，虔誠的人們卻以耐心對抗著時間。

　　從石窟出來，眼睛逐漸適應了夕陽的光芒。坐在臺階上休息，遠處的暮色中層巒疊嶂，一座巨大的白色佛像佇立在蒼茫之中，他低垂的視線彷彿在細細撫摩山脈的曲線。我們誰都沒有說話。四下無聲，萬般燦爛、眾生喧囂終歸寂靜。

　　在這片現代科技、機械尚未入侵的土地，棲居於此的人們以生命的智慧去點亮信仰的光輝，而這些絢爛的壁畫，是他們以豐富的想像力在揭示著生死輪迴、救贖、解脫的神祕力量。

　　下山路上，暮色正漸漸合攏，樹林中晚歸的鳥群開始喧鬧。突然想起

科塔薩爾說過的那句話：「這繁忙的叢林，在那裡每分每秒都像一朵玉蘭花落在我身上。」

　　要了解斯里蘭卡，必須沿著她的王朝舊事繼續前行。下一個目的地是我們出發前最早確定的目的地，那裡有麥可‧翁達傑在《菩薩凝視的島嶼》一書中提及的古文字發現地。我幾乎抱著朝聖的心態前往，而好友則是對那裡的岩畫著迷。

　　簇擁獅子岩（Sigiriya）的密林或許是斯里蘭卡文明的發源地。儘管斯里蘭卡這座島嶼在史前即有人類居住，卻一直沒有歷史以書寫的方式留存，直到斯里蘭卡著名考古學家 Senarath Paranavitana 在獅子岩的岩石上發現了石刻文字，他的考古著作由劍橋出版社出版，使得獅子岩吸引了全世界的目光。即便在後來的歲月中，Senarath 的學術發現被認為有諸多疏漏，但他的發現推開了斯里蘭卡人重新認識自己的大門。他正是翁達傑書中那位盲考古學家的原型。

　　西元前五世紀，Kashyapa 國王因懼怕敵人的進攻而將都城從舊都阿努拉德普勒（Anuradhapura）遷至此地，並在形似石子的岩石上建立起易守難攻的宮殿。被歷史故事描述成「花花公子」的 Kashyapa 國王在岩石的整個西側畫滿五彩岩畫，這座高四十米，寬一百四十米的露天美術館展示了以精美筆觸描繪的半裸女子，她們體形豐韻，姿態柔美，眼神婉轉。而繪畫風格也不同於斯里蘭卡境內可以找到的其餘風格。由淺入深的色彩變化、流暢的線條勾勒，讓偶然發現此處的英國士兵嘆為觀止，也讓我的好友流連忘返。

　　如今山頂上的國王宮殿已空空如也，只有簡陋的石刻寶座和游泳池記錄著過去輝煌的點滴。而岩畫也因題材的特殊而被後來將此處作為清修場所的僧侶塗抹消除，但部分岩畫卻因地勢險峻而得以保存。當我們沿懸崖邊緣建立的鐵梯盤旋向上，抵達的瞬間詫異於這距離。不是遠，而是近。數百年的時光觸手可及，而它們如此美麗而脆弱，保護它們的只有千萬遊客的自制力。

　　鵝黃色岩石上，穿著薄紗、頭戴鮮花的美麗女子向來客遞上綠色的鮮果，她的姿態裡有慵懶的柔媚，彷彿在說：「給你我的心。」

　　通往岩畫的著名鏡牆（Mirror Wall）如今看來只是尋常的牆壁而已，但曾經它被打磨得真正「光可鑑人」，國王在觀賞壁畫的同時，可以在鏡中觀看到自己的身影。

　　城堡則建在更高的岩石頂端。鐵梯和山間的大風考驗著每個穿裙子的女生，好在我們有備而來，布鞋與內搭褲讓我們的登頂之旅毫無後顧之憂。

　　獅子岩被認為是最為宏大的人類建築工程之一，也是最富有想像力的工程，從水利系統發達的花園，到因山勢建造的城堡，再到精美絕倫的岩畫。當你在山頂的城堡廢墟上俯瞰四周的密林與密林掩映下的花園，你會為她的規模與美麗折服，當它的昔日榮光在你想像中復甦，一路攀登的艱辛頓時如雲煙被拋置腦後。

當我離開獅子岩向山城康提出發，鳥群正如迎風飛揚的種子飛離叢林，大象在曾經鱷魚橫行的水塘內沐浴。

抵達康提古城已是黃昏，路口那尊高大的紅衣佛像垂眸注視著熙來攘往的街道。人們換上白衣、手捧蓮花與茉莉花環向佛牙寺進發。而山頂上，是另一座巍峨的白色佛像，每一個來到這裡的人都會驚嘆於工匠的高超技藝。在斯里蘭卡，工匠會在佛像的軀幹與手臂中都留有中空的鐵管，各部分搭建就位之後注入鐵水，當這些赤紅如血液般的鐵水冷卻凝固，就可將佛像牢牢固定。鋼筋鐵骨。而支撐斯里蘭卡人經歷戰火與恐懼的，正是如這鐵水般堅定的宗教信仰。

下榻的旅館是山上的一棟白色別墅，俯瞰山谷，不遠處正是麥可．翁達傑書中提及的僧侶隱修之處，重重山脈間，僧侶的誦經聲彷彿就在耳邊。明天我們就即將抵達旅行的終點，可倫坡。好友如變魔術般從行李中拿出一瓶甜酒來，我跟酒店服務生要來玻璃杯與冰塊。兩人在陽臺上對月小酌，慰藉一路辛勞。酒香滑入喉間，夜色正隨霧氣沉墜山腳。不遠處學校的白牆上工整的標語隱約可見：「Respect others」（尊重他人）。眾生皆苦，務必彼此善待。豐子愷曾說：「你若愛，生活哪裡都可愛。你若恨，生活哪裡都可恨。不是世界選擇了你，是你選擇了這個世界。既然沒有淨土，不如靜心。」你會由衷羨慕這些在佛陀注視下生活的斯里蘭卡人，信念支撐他們走過戰亂、困苦，並在迎來新生之後依舊保持著那份善良。

入睡前繼續在白色紗帳中讀麥可．翁達傑，我喜歡平緩的故事，它沒有太多衝突起伏，卻綿長雋永。

書中縷縷提及的內戰的痛苦記憶尚未遠去，但斯里蘭卡，這顆印度洋上的眼淚已經開始閃爍寶石的光芒，因為在這座遍布佛像的島嶼上，向善的力量永遠以信仰的方式深藏於每個斯里蘭卡人的內心，來到這裡的人是如此輕易地折服於斯里蘭卡靜默的美。

修補傷口的人

　　回家發現房間整理過了，屬於他的痕跡被統統抹去。到後來，或許我的人生就是一間純白的浴室裡掛一件黑色浴袍。洗澡的時候看幾頁書，象徵性地哭一場。然後爬出浴缸，抹乾眼淚再給自己抹一層厚厚的護膚霜，彷彿要換一身更厚膩遲鈍的皮膚當鎧甲，重新做人。天亮的時候整理簡單的行李，確認護照與機票，叫一輛計程車去機場。

　　一八九六年，德國的外科醫生路德維希‧雷恩在河邊縫合了一位年輕人心臟上那道一‧五釐米的傷口。從此，心臟再不是外科醫生的禁地。但人心依舊是我不能懂的宇宙黑洞。所以我放棄抵抗，氣流帶我穿過印度洋。

　　康提的黃昏飄蕩著群山的鼻息，潮濕清涼，鴿群聚攏又四散。陽光照下來，再細小的灰塵都無所遁形，它們飛揚飄浮。

　　萬丈紅塵。

　　路口那尊紅衣佛像是我失去知覺前最後的記憶。汽車刺耳的急，人群的驚呼漸漸隱沒，我看見他垂眸注視著我，嘴角帶一個沉默的微笑。在微笑裡，我安然地閉上眼睛，等待疼痛襲來。

　　貨車無法阻擋的撞擊，遲鈍而無從躲避的痛。康提古

城壯麗的日落中，我如同置身溫暖的洋流中心，就這樣緩慢、自在地沉下去。在這個包容一切疼痛的黑洞中，我開始忘記自己是為什麼要來到這個陌生的國度，忘記那些曾為彼此接近而做出的改變與犧牲，以及後來為了遠離而不止息的掙扎。

那一刻我還在問自己：「只能記憶最高層的痛，這是身體機能選擇的自保方式，還是人心自毀的智慧？」

各種嘈雜聲響帶著銳利的邊緣再次撞擊我的耳膜，彷彿有人打開了一扇通往鬧市的門又忘記關上。重新回來的知覺是一件漿洗得太乾淨的新衣服，摩擦著我的皮膚。

我還在。萬丈紅塵。

有人輕輕將手覆在我的眼瞼上，隔著乳膠手套依舊能感覺到體溫。陌生人的體溫。「你醒了。」一個冷靜的聲音從很遠的地方傳來，穿過那片嘈雜，準確地找到我。我暫時無法分辨這是一句提問或者陳述。我試著睜開眼睛，但他依舊沒有移開手掌。

「那個男孩怎麼樣？」
「他沒事。他的家人想感謝你，但你還昏迷著。所以他們留下這個。」他的另一隻手將什麼放進我的左手。是茉莉花環。清甜的香氣。在這裡，每一尊佛像前都供奉著這種茉莉花環，它們隨清晨的露水連同祈願一同被送到佛像前，然後悉數在黃昏枯萎。

康提的黃昏飄蕩著群山的鼻息，

潮濕清涼，鴿群聚攏又四散。

陽光照下來，

再細小的灰塵都無所遁形，它們飛揚飄浮。

萬丈紅塵。

佛陀或許是想告訴眾生，痛苦是朝生夕死的幻覺。生命本身也是。

「還有那位司機，他很抱歉誤傷你。」

我點點頭，指尖撫摩著柔軟的花瓣。

「想知道自己的情況嗎？」他問。

我遲疑片刻，點頭。

「多處軟組織挫傷，最嚴重的是額角的傷口，已經縫合。左耳膜有裂縫，但非常輕微，會自己癒合。短期內不要搭乘飛機。」

「我的眼睛？」我眨一眨眼睛，做最壞的打算。

「哦，抱歉，你的眼睛沒事。你先閉上眼睛。」說完，他緩緩移開手掌，「好了，慢慢張開。」

光芒一點點滲進來，我發現自己躺在醫院裡。那種醫院才會有的白色燈光。

「抱歉，急診室的光線太亮了。」他說。

他是個疲憊不堪的急診室醫生，儘管口罩遮住了大部分表情，但滿眼血絲出賣了他。

「護士檢查了你的背包，沒有發現緊急連絡人，需要幫你聯絡什麼人嗎？」我搖頭。他知道我所有的細枝末節：國籍、年齡、血型、心律、血壓、體溫。他或許是最了解我的人。

「你會沒事的。」他說。

You will be fine.

我笑了：「我聽過比這糟糕得多的安慰。很多年前，在另一個國家，有人曾對我：『你會活下去。』」

You will survive.

他也笑了，眼角有細小的皺紋。

「說來很巧，我也曾多次對別人說過這句話。」他把雙手交握在腦後，依舊戴著乳膠手套。

「你是個很實際的醫生。」

「我想是的。」

「醫生，我有沒有耽誤你工作？」

「不會。你是我今天最後一個病人，已經交接班了。」

「你的上一個病人，他怎麼樣了？」

「那是一個跳樓的年輕學生，他從五樓跳下。全身多處粉碎性骨折，我花了一下午的時間試圖修復他腹腔的損傷。但是，顱內出血很嚴重，太嚴重了……」

「我不喜歡醫院。」我說。

「為什麼？」問完他微微仰了仰頭，大概是在說：「呵，對，誰會喜歡醫院呢。」

「疾病、傷口。它們代表不潔淨以及軟弱。無法抵擋，無力戰勝。」

他沉默。

然後他說：「但這些是我唯一懂得的東西。疾病、傷口。盡力處理，等待結果。」

「醫生，你為什麼選擇這個職業？」

「戰爭。」他答。

「內戰。」我輕聲說。那場外人只能在新聞裡讀到的延綿數年的血腥殺戮。

「有些事情不會輕易終結，它留下的影響會比它本身更具破壞力。」他端坐的姿勢，彷彿哪怕一點點輕微的移動都會牽扯到某個被藍色手術袍遮蓋的傷口。

太多傷痛與失去的記憶。所以這個美麗的國家，才被

稱為印度洋上的一滴淚水。

「醫生，你有沒有失去過什麼人？」

「很多。」他把雙手交疊在胸口，「但是誰沒有呢？」

我凝視著白色燈光。誰沒有呢？

「麻醉劑快失效了，我讓護士給你注射些鎮痛劑，你好好睡一覺，醒來就到可倫坡了。」

他摘下了橡膠手套，再次將手掌覆在我眼瞼上。如果此時護士再次拉開綠色簾布走進來，會不會以為是一個醫生在為他的病人送終？淚水帶著無法預計的熱度滲出，像是又一道傷口，因為隱藏太深而在匆忙的急救過程中被忽略的傷口。

「醫生？」

「我在。」

「請問你，淚水和血哪一個溫度更高些？」

「它們都由你的體溫決定。」

「醫生，這個請你收下。」在倦意襲來的那一瞬間，我把茉莉花遞給他。

「醫生？」

「我在。」

「謝謝你。」

……

「醫生？」

「我在。」

「再見了。」

可倫坡公園路（Park Road）的酒店房間內，我第一次看清楚額角的傷口。細密的針腳，精心縫補的痕跡。它的工整、謹慎、小心翼翼都讓我身體其餘部分的瘀痕顯得如此粗陋暴戾。

換上乾淨衣物出門，空氣裡是印度洋的味道，溫熱的鹽腥。

萬丈紅塵。

我站在人群後面看街角新的佛像落成，畫師沐浴更衣，白衣在烈日下比雪光更亮。他在眾人簇擁下坐在纏黃綢的支架上，背對著佛像，雙手合十開始默誦。誦經結束，助手將畫筆遞到他手中，然後舉起一面鏡子。畫師靜靜注視雙手良久，終於抬起頭來，注視著鏡中的倒影，一筆一畫描繪出佛陀的眼睛。或者說，佛陀的雙眼，緩緩睜了開來。

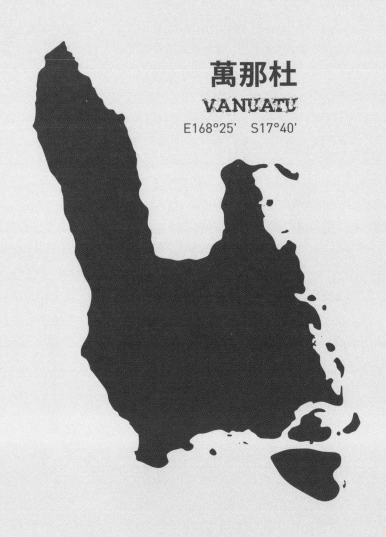

萬那杜
VANUATU
E168°25' S17°40'

有時是火焰
·
萬那杜
Vanuatu

　　大航海時代那種遠征式的悲壯旅行早已結束，如今我們搭乘飛機穿山越海，二十四小時幾乎可以抵達世界上任何一座城市。

　　而南太平洋是片廣闊水域，超過了很多人關於「廣闊」這個概念的想像。儘管有眾多島嶼散落其中，卻依然是「滄海一粟」。這樣的地理位置讓這片海域常年與外界隔絕，成為西方世界眼中「看不見的大陸」。

　　因此我們必須重新定義距離的意義。

　　就在更為知名的斐濟群島與所羅門群島之間，是萬那杜群島的八十三座島嶼，它們組成一個鬆散的字母 Y，對於來自遠方大陸的人來說，每一座島都是一場探險。可惜文明的時代裡，哥倫布和麥哲倫們如今可能在高樓而非甲板上眺望，印第安納・瓊斯的粉絲在海邊的度假小屋裡扼腕。但萬那杜卻努力為這些人保留著一片樂土：水域凶險的沉船潛點，瀑布飛瀉

的無人小島，繁花盛開的熱帶叢林，古老的食人族部落，以及隨時噴發的火山。

主島埃法特島（Efate）的生活步調悠閒緩慢，烈日下的海水藍得耀眼。碼頭上的市集裡堆滿蔬菜和水果，如果你是樹莓愛好者，那這裡就是你的天堂。一天也不過是在瀑布下喝冰鎮的飲料，和當地的少年們一起將小樹枝削成箭矢，比賽誰扔得遠扔得高。

傍晚可以在下榻的假日酒店租帆船從酒店碼頭出發，一路沿港口出海迎接落日，也可以駕車前往島嶼的最西端，一座名叫哈萬納（Havannah）的港口。在哈萬納酒店（The Havannah）的火焰樹花影下，點一杯飲料，看落日墜向休眠的火山與著火般的海洋。燈籠和星群一起亮起來。

如果你貪心說這還不夠，那麼我們向南飛一段，前往小島塔納（Tanna）。

　　島上的居民對外界的文明進程毫無興趣，他們選擇以種植芋頭和咖啡，編織草席與背袋，串製貝殼項鍊打發時間。節日的時候他們在臉上塗抹黑色顏料，穿起草裙，用腳掌拍擊地面，全村人不分男女老幼聚在一起圍成圈，歡歌高唱。他們擁有無上的智慧：對外界好奇，卻滿足於簡單的快樂，因為那才是幸福的祕訣。

　　租一輛與這座島的原始形成鮮明對比的四驅越野車經過咖啡園，小豬奔跑的村落，宮殿般的古老榕樹林，在雙層彩虹的護佑下駛過峽灣，然後翻過銀灰色的火山灰堆積成的廣闊平原，空氣裡開始飄過灰色的煙塵，如同穿行於月球表面。嚮導突然說：「我們到了，Yasur（亞蘇爾火山）！」

　　塔納島之所以是萬那杜八十三座島嶼中最傳奇的一座，就是因為島上的亞蘇爾火山隨時都在噴發。海拔三百六十一米的亞蘇爾火山位於塔納島東南部，作為世界上可在最近距離觀看的火山，它曾出現在很多電影中。和火山一樣性格散漫但內心火熱的塔納人，特意在火山腳下設置了一個火山信箱，供大家送出世界上最熱的祝福。

　　越野車將你送到月球表面一樣的火山灰平原，空氣中硫磺的味道和遠遠的轟鳴聲，讓你的心跳開始加快。與紀錄片中看見的那些危險的火山噴發場面不同，亞蘇爾火山性格溫和，或許該用特別特別溫和來形容：你可以站在環形火山的邊緣看著岩漿噴湧，而不用為生命擔心。

　　早上在酒店喝的那杯咖啡似乎還餘香猶在，而半天之後我已經站在火山岩邊，沒有想像中的艱難攀登，也沒有防護駭人的裝置，就站在環形山谷的邊緣，俯瞰灰色的蘑菇雲在自己腳下無聲升騰。那是一種讓你詫異的接近和安靜，如同觀看被關掉了音響的環幕電影，敏銳的第六感讓你覺得不安卻又不知是哪裡出了差錯。就在這時，震耳欲聾的轟鳴開始在山谷間迴盪，腳下的岩石震動，血紅色的岩漿如禮花般沖上半空。而再次的寂靜來得如此迅速，你以為剛才的壯麗噴發或許只是幻覺，於是你繼續等待下一次噴發。而亞蘇爾火山永遠都不會讓你失望，它對大家心中高喊的「再

來一次！」瞭若指掌，但又不想錯過吊大家胃口的機會，所以在片刻醞釀之後，才再次劇烈噴發。

不過你最好小心腳下那些過往噴發時留下的黑色火山岩和懸崖邊緣鬆散的火山灰，這裡除了一兩個穿黃色風衣的工作人員遠遠地看著遊客，連欄杆這樣簡單的防護設備都沒有。

在萬那杜，與此壯觀景象形成鮮明對比的是這裡樸素的日常生活。和太平洋上大多數島嶼一樣，食物的種類非常簡單：主食為芋頭或香蕉，肉類是雞與豬。萬那杜人很喜歡雞肉，在菜市場可以看到煮好的全雞撒上檸檬片出售，甚至還有咖啡館起名為 Island Chicken，島嶼雞咖啡館。

香蕉是當地人最為倚重的食材，可以直接食用，也可以烤，研磨後用樹葉包裹即是甜點。在遠離塵囂的叢林深處，一棵香蕉樹和一棵木瓜樹，就能保證一個三口之家一年的口糧。

在芋頭田旁邊，還有咖啡園。如果你是咖啡愛好者，那亞蘇爾就是你真正的天堂。這裡生產的咖啡風味獨特，濃郁中有它自己的直接。北半球的秋天是這裡的春天，此刻咖啡樹開著白色的花朵，開始變得飽滿的綠色果實離成熟還要很久，但我們是在萬那杜，我們有很多很多的時間。

村民也會將富餘的芋頭和蔬菜裝進香蕉葉編的籃子裡，送到路邊市集售賣。大家坐在高高的蔬菜堆旁聊天，或者編籃子，也沒有急於做生意的意思。各色蔬菜水果壘在路邊，在這裡你的眼睛沒有喘息的機會：熱帶從來都是由顏色定義的，而非味道。陽光的熱消弭了味覺的機能，只給嗅覺保留有限的機會，這都讓視覺更為敏銳。

紅的花，綠的樹，藍的海，雲有許多種白，噴發的岩漿用光了所有關於燦爛的詞語。在萬那杜，所有的顏色都以它們最純粹明豔的方式呈現在你眼前。這是對「秀色可餐」的另一種詮釋。

　　與隨時噴湧的火山與滿眼的濃郁色彩不同，萬那杜人的性格和這裡的海域一樣安靜害羞。雖然曾被傲慢的西方文明稱為「看不見的大陸」，但南太平洋上的島民們習慣了從不爭辯，只是微笑。他們彷彿時間的守護者，默默駐守汪洋中這些蔥蘢的島嶼，如同駐守著時光的入口，門後是所有關於快樂和自由的祕密。

熱帶從來都是由顏色定義的，非味道。

紅的花，綠的樹，藍的海，雲有許多種白，
而噴發的岩漿用光了所有關於燦爛的詞語。

在萬那杜，
每一種顏色都以它們最純粹明豔的方式呈現在你眼前。
這是對「秀色可餐」的另一種詮釋。

宇宙拼圖

　　《漫遊》雜誌社的主編杜澤明頭痛欲裂，額頭上已滲出冷汗來。萬能的編輯主任在離截稿還有三天的時候擠電梯動了胎氣，一紙醫生證明讓她理直氣壯回家躺倒，留下雜誌特稿版面二十頁的天窗——〈Yasur，世界上最可靠的火山〉。只是那個「品質有保障，用過都說讚的」特約撰稿人 Sam 一點音訊也沒有。

　　太多問題在杜澤明腦中盤旋。什麼都不確定，什麼都不大記得。一上午吞下六顆止痛藥後，什麼都不太想記得。只有起身去茶水間再來一杯咖啡。咖啡機開動，牙床上傳來的劇痛好像要把他半邊腦袋鑿開，握杯子的手已經不受控制地顫抖起來。

　　躺在牙醫診所的診療床上，杜澤明憤恨又無力地說：「醫生，麻煩您。整排鋸掉也無所謂，這兩天不痛就可以了。」穿白袍的牙醫有些好笑地想，見過不少忐忑的病患，可對自己的牙齒如此憤怒的，他卻似乎是第一個。「只是長智齒而已，給你配些消炎藥與止痛藥，消腫後再來拔牙。盡量不要喝咖啡，會影響止痛藥的療效。」

　　杜澤明的眉頭擰成死結，沒有咖啡怎麼對付滿桌稿件？現在有些寫稿人「的、得、地」統統不分，又喜歡用

太多的省略號和感嘆號，彷彿很多話來不及說，太多感情得不到抒發。

「要注意休息，別熬夜。」醫者父母心。牙醫接著囑咐，也不管病人有沒有在聽。

回到辦公室，一推開門就覺得有什麼不對。定神細看，角落的長沙發上躺著一個人。杜澤明暗叫一聲不好，醫生開的藥效果太好，居然產生幻覺了。

沙發上的人聽到動靜醒來，揉著長髮問：「杜主編嗎？我是 Sam，中文名方沙，遠方的方，風沙的沙。」

「稿子呢？」這個 Sam 居然不是全身卡其色的粗漢，

而是穿黑色修身長裙的女生。但杜澤明顧不上寒暄，彷彿急著趕在幻覺消失前將稿子拿到手。

「已經給你的助理了，文字加圖片。」杜澤明聽見心臟落回原位的聲音。

「附近有沒有便宜的旅館？」方沙揉著額頭問，「我丟了行李，包括全部攝影器材和電腦，所以要節約一點。」

「怎麼回事，需要幫你報警嗎？」杜澤明又變回一個文明人。「這文明世界是片更危險的叢林啊。」方沙困倦地做了個鬼臉，「在機場備過案了。我對旅館要求不高，只要能洗熱水澡就行。我覺得自己在發酵。」

「我的臨時住處就離這兒兩條街，如果不介意，你可以在那裡休息幾天。」

「那——稿子？」

「進度來得及。你需要先休息。」

路過街角的便利店，方沙不由分說走了進去。出來的時候手裡拿著兩支冰淇淋，塞一個給杜澤明：「心情不好，吃草莓冰淇淋就有用。」

心事都在臉上嗎？連初次見面的陌生人都看得到？杜澤明疑惑地接過冰淇淋，舉在手裡像研究什麼珍稀動物似地看著。

「快吃，再不吃冰淇淋要哭了。」方沙催促。草莓冰淇淋太甜、太冷，他都不喜歡，但還是乖乖吃完。和一個陌生女子並肩走在深宵的街道，手裡擎一支草莓甜筒，荒誕得讓他不知為何想起「天荒地老」這個詞。

他想，這景象以及莫名的熟悉感一定都是牙痛產生的幻覺。

醒來的片刻，方沙不知道自己在哪一片大陸，此刻又是一天中的什麼時間。夢裡，是塔納部落的舞蹈，草裙飛舞。頭頂天花板上蕩漾著一片水藍色波光，隨即她想起來，這不是南太平洋的波光。此刻她在中國，這是雜誌主編杜澤明的住處。洗漱之後她盯著客廳那只盛滿清水、鋪著細沙與珊瑚卻沒有魚的魚缸，想起他的臉。他深色的眼睛、深色的頭髮、白色的襯衫，以及看不透的、總是若有所思的神色。

不知道他的牙痛好一點沒有。

電話邊放著一張卡片，是他的名片，空白處用黑色墨水寫著一個手機號碼。方沙撥了那個號碼，杜澤明很快接聽。

「你一會兒有什麼安排嗎？」方沙此刻才聽清他的聲音，彷彿比她還要倦。

「我下午的飛機回芝加哥。」

「這麼匆忙？」杜澤明意外。方沙疑惑地想，他語氣裡帶著懊惱的不解是為什麼？

「老闆等我回去開工。」

「那我送你。」杜澤明掛斷電話。

正要出門時下起了瓢潑大雨，滿世界都是雨水清亮的光，耳邊是暢快的雨聲。兩個人坐在車裡，都不說話，只覺得這麼安靜。

「還沒有問，你從事哪一行？」杜澤明打破沉默。

「我在大學教書。」

「藝術？」

「物理。」這是一個頗讓人意外的答案。

「為什麼選這行？」杜澤明自文理分班就再未與滑塊或者斜坡打過交道，所以分外好奇。

方沙想一想答：「大概是遺傳吧。五歲那年研究天體力學的父親告訴我：『小星星並沒有在眨眼睛，我們看見的滿天星都只是些走了很久很久的光。現在看見的這顆，或許早已經在時間裡熄滅。』」

「失敬。」杜澤明嘆息，「你們這些優秀的科學家，大概沒有我們凡夫俗子的煩惱吧。你們活在一個更為有序的、清晰的世界裡。」

「有序？我的博士論文是關於布朗運動的經濟學應用。」方沙笑，「而布朗運動，又稱混沌理論。」

「我只聽說過蝴蝶效應。」杜澤明投降。

方沙認真地點頭：「差不多，只有不確定是確定的。」

車廂裡再次陷入沉默，雨聲傾瀉。凡夫俗子的煩惱，

不過是旅店床單不夠白，是行李丟失，是流離失所，是貧困，是病痛與失去——方沙看著杜澤明專注的側面對自己說——但真正的煩惱是，你走遍世界、經歷一切卻依然故我，是你知道答案無解但依舊要追問那個問題，是你被迫接受、主動承擔。

雜誌印刷完畢，智齒拔除，傷口被俐落地縫合，然後緩慢癒合。一個星期後，方沙收到自中國快遞來的雜誌，扉頁夾著一張信紙，上面用黑色墨水這樣寫：

已好久沒有抬頭看，因為這個城市的夜空常常混沌不明。但今晚卻可以看見雙子座與獵戶座。北河二、北河三看來竟比參宿四還要明亮，大概是獵戶的肩膀上有雲。北河二的星群距離地球五十光年。參宿四則距離我們四百三十光年。

是的，我們此刻凝望的璀璨，或許不過是死亡。但是那些光，還是繼續走著，到達我們的眼睛。

所以我們凝望的，還有堅決的深情。

所以我們在相聚的那刻，就已預知了分離的命運。卻又依舊在別離之後，期待重逢的奇蹟。

祝，一切都好。

PS. 我們的相遇會不會像亞蘇爾火山的噴發一樣，是註定的呢？

珍珠島
KOH MOOK
E99°18' N7°22'

遠方的幻覺
·
珍珠島
Koh Mook

你剛剛嗅到空氣裡丁香花的香氣，
白色花束就已擦著你的鼻尖掠過。

我覺得能在這裡生活很不錯，
雖然對別人的生活一無所知，但不用假裝也無須深究。

我們心安理得，滿懷虛無縹緲的快樂與愁緒。

在過去的一年半間，我斷斷續續去了十多個島。這次的旅行取道甲米，前往珍珠島（Koh Mook）。而「koh」是我學會的第一個也是唯一一個泰語，意為：「島」。

抵達甲米時已是黃昏，從機場前往碼頭的路上經過一個又一個急彎，車窗外的海面上是擠擠挨挨的島。泰國南部以喀斯特地貌特徵著稱，所以海中的島嶼都有嶙峋的紋理，孤立在海上，彷彿它們是不小心停滯在了碎裂的那個瞬間，所以尚來不及完成柔和的港灣，或是為遊客準備平緩的沙灘。

暮色漸濃時，路過一尊小小的金色佛像，袍裾飛揚，那是我希望能陪伴我一生的靜默。

船要夜色深沉才會來。沒有風的黑暗中，早已汗出如漿。呼吸間隱約有海鹹且腥的氣味。路燈下的三角梅開得濃烈如火，但沒有一絲花香。我

開始有些想念亞熱帶的春天，微寒清晨，薔薇花盛放，沏杯茶在暗中等天
亮。一切有序且艱難。而在這熱帶，什麼都這麼洶湧、這麼容易，蔬果容
易成熟花容易開，生容易死容易，腐壞最容易。

　　雨始終不肯下。雲層後明滅的閃電，像誰遊移不定的心事。林立的岩
岬像水裡四布的巨獸。一切都是暗的，只有水聲敞亮。

　　若不問來路與去程，人生就容易得多。

　　珍珠島的形狀彷彿一具微微低側的假面，而正東的位置上是個長而尖
的硤角，潔白的細沙讓它看起來如白色利刃臥在淺綠色的海上，於是這座
島像它的另一個中文譯名「穆閣島」一樣，俊秀之間帶了凜冽的俠氣。
　　我的木屋靠近碼頭，整夜有漁船往來，馬達聲時輕時重。而房間裡到
處都是沙，是我從屋外的沙灘上帶回來的，夜半和漿洗過的床單一起，沙

沙作響。讓我想起最愛的地理學家 Almasy。沙漠與海，看似是兩個極端，但它們又如此相似，一樣以廣闊成就匱乏，一樣在溫柔曲線中蘊藏險峻。

　　天亮後坐船出海，遇到撒網的漁船，發現打魚和寫作真像，都是關於等待與尋找的營生。技藝與天賦根本不能保證你能獲得足夠果腹的漁獲。過路人看著你悠閒的背影，羨慕你工作時都可以看風景，只有你自己知道這等待需要多少毅力去維繫。

　　傍晚去島的西段看日落，租來的摩托車飛馳著經過小鎮，再繞過一個山腳。你剛剛嗅到空氣裡丁香花的香氣，白色花束就已擦著你的鼻尖掠過。樹林後是農居的燈光，在濡濕的暮色中氳開。我覺得能在這裡生活很不錯，雖然對別人的生活一無所知，但不用假裝也無須深究。因為旅行的

意義就在於，它允許我錯誤地理解生活，在這種生活裡，我們都是無須承擔的過客，是心情輕鬆的旁觀者，是滿心期待的異鄉人。

我們心安理得，滿懷虛無縹緲的快樂與愁緒。

這最後一個故事，是在珍珠島上完成的，雖然我並沒有去過一號公路對面的那座聖卡塔利娜（Santa Catalina）島，但有許多個晨昏，曾在酒店房間的陽臺眺望它臥在海灣裡的優美輪廓，預感有一天，它會出現在我的故事裡。

現在旅行到了結尾。這句諾言被遵守。這一路，究竟是追隨誰的旅程？

或許只有這樣，我才能明白，什麼才是圓滿的孤獨。

畢馬龍

　　如果用我千瘡百孔的記憶回想一下的話，大概是從八年前開始失眠的，距離我們陸續離開倫敦還有不到一年的時間。

　　失眠會對大腦造成損傷，但這並非了不得的事情，因為從科學角度來說我們每天都在死掉一點點，所以這種損傷就像罹患絕症時患的小感冒，或者宇宙毀滅時下的毛毛雨一樣。總之，無關痛癢。

　　但失眠的夜晚有很多時間需要打發，這就很麻煩。上午在醫院實習，下午到學校圖書館為畢業論文搜集資料，忙到眼睛都快盲掉，靈感因睡眠不足而越發虛無縹緲，熬到半夜就可以去巷子口的 Fish and Chips 買炸薯條。

　　我記得那個鐘點正是酒吧打烊的時間，醉醺醺的年輕人喧鬧著從吧裡湧出來，青春的荷爾蒙被酒精泡過，開始發酵出腐味，但你更在意的是空氣裡飄過的薯條的油膩味道，在漆黑夜色中閃爍著魔法仙女棒那種讓人顫抖的愉悅金色。

　　捧著鬆脆的薯條回宿舍樓，到公用廚房的電鍋裡找碗吃剩下的白米飯，靠在儲物櫃上大口大口地吃。有時會遇上別屋的室友 L 來廚房找番茄醬，就這樣熟悉起來。宿舍還有一間房間空著，那位遲到的房客似乎被困在了非洲某處。

　　L 是標準的帝國大學高材生，在電腦系讀碩士，研究人工智慧。我不愛麻煩別人，尤其是為小事，但用了許多年的電腦時常出故障終於系統崩潰，寫了許久的論文草稿丟失，才迫不得已去敲他的房門，問能否幫忙。沒等我細述來龍去脈，他就答：「當然可以。」他後來解釋說，所有在電腦上出現過的資訊都會留下物理殘跡，只要足夠耐心就可以一一恢復，過程有點像拆一個繭。

　　「也就是說，其實你電腦上的資料永遠都刪不掉？」我問他。

　　「是啊，除非你把硬碟砸成粉末。」他回答。

　　「過往那些再也不想看見的照片啊，郵件啊，怎麼辦？」我突然好奇。

　　他顯然思考過這個問題，所以流利地回答：「刪除前列印出來燒掉，就當是徹底成灰了。儀式感很重要。」

　　夏天的時候，L 把自己關在房間裡整整三天三夜，每次路過都聽見房內在播放同一首歌，隱約是張學友的〈吻別〉。第四天晚上他容顏枯槁地到廚房找我：「兄弟，陪我去喝一杯吧。」

　　「怎麼，你的世界模型終於製作成功了？」我打趣道。

　　他黯然地指指心口：「不，是這裡壞掉了。」

　　我了然。都說時間治癒一切，可那要等好久，沒有如許耐心和勇氣，所以不如先投靠酒精，否則只有去跳學校最高的女王塔。

　　從酒吧出來，深宵的街道人聲喧嘩，人群圍著倒在馬路中間的一個年輕人。他腦部遭受了重擊，神志不清。我一邊跪下來尋找他的脈搏，一邊打電話報警。L 脫下襯衫想墊在年輕人腦後，這時一隻手伸過來拉住他。

「小心。」那人說，是帶口音的英語，但語氣堅定。他藉著手機螢幕的光線仔細檢查年輕人的瞳孔後輕聲說：「He is gone.」（他已經走了）

我知道他的意思，因為我沒有找到脈搏。但 L 疑惑地看向這個陌生人，懇切地問：「But where to（但是去哪兒了呢）？」陌生人搖搖頭，露出無奈的神色，最後擼起死者的袖管給他看，蒼白的手臂上布滿針眼和瘀青，還有地方出現了潰爛。

「藥物過量，腦後的傷是摔倒後造成的。」他解釋。

人群觸電般散去，留下我們三個等救護車。我們等了近十五分鐘，救護車才擠進小巷。這時我發現我們正坐在劇院門口，頭頂是舞臺劇《歡樂滿人間》的巨幅海報，瑪麗阿姨舉著陽傘正要隨風飄去，不知道她又要去哪裡。可惜我們都不住在櫻桃街。

「當時他還有體溫。」L 說。

那個陌生人，正是遲到的第三位房客，來自敘利亞的心臟外科專家 M，將在帝國大學醫學院擔任三個月的訪問學者，我曾在醫學雜誌上讀過他的文章。他並沒有和我們握手，醫生都不太喜歡握手。我們互相點頭致意。即便以整形醫生的標準來說，這個人也絕對是儀表堂堂。他華髮早生，更顯得消瘦的臉輪廓分明。拿刀的人會認得另一個拿刀的人。在他身上我看到心臟外科醫生特有的沉穩氣度與精準的判斷力，他就像，一把靜置的柳葉刀。

很多很多年以後，我會獨自走過大阪城的夜色，那是櫻花滿開的夜晚，年輕人穿著浴衣結伴賞花，靜得只聽到木屐叩擊地面的聲音，以及花瓣落在髮間、肩頭時心跳般的噗噗聲響。那時我會想起我們三人初次相逢的這個夜晚，想起我們白色汗衫上的血跡，像櫻花花瓣般洋洋灑灑

蔓延。

　　那也是 MSN Messenger 關閉全球服務的前夜，M 早已完成英國的學術交流，在參加完另一項無國界醫生行動之後失去了聯繫。而我與 L 也已多年沒有通過音訊。我到酒店商務中心給 L 留離線消息，對話框打開後躊躇很久不知說些什麼。分別這些年想必彼此變化都太多，所以也就沒有什麼可以說，最後只留給他我最新的電話號碼，說下個月會路過加州。

　　L 的消息在深夜抵達，只兩個字：「回見。」

　　人工智慧的終極夢想，是建立一個可預測的世界模型。但終極夢想還沒來得及實現，L 的第二個夢想就率先解體——交往五年的女朋友毫無徵兆地嫁了別人，寄給他一張電子邀請函。

　　「為什麼要學電腦呢？學物理多好，你起碼有個小滑塊可以推一下吧，你還有機會碰一碰這個世界。還有把你拉住的重力，多有人情味，你說是不是？」失戀的 L 喝著啤酒在廚房裡絮絮叨叨地提問，「啊，還有光，研究它的速度，研究它的質地，研究吞沒它的黑洞。我究竟為什麼

要學電腦？」

　　我們為什麼要面對虛無，卻在內心以為自己會終有所得？

　　我又為什麼成為一個整形醫生？人類對於完美的追求又有何意義？

　　在我切開病人肌膚的那刻，也常常情不自禁地懷疑科學是否是種可怕的存在。但除卻自然天地，真實的東西鮮少美麗。人就是一件件殘次品，他們具有的情緒與感情亦是如此。總要有人負責修理、維護、縫補。

　　「你說，人心為什麼這麼複雜善變？真是毫無必要。」夜很深了，L喝得有點多，自顧自繼續他的十萬個為什麼。

　　我毫無睡意，但對答案一無所知。就像我不知道一條河為什麼流向這裡而不是那裡，一片雪落在這座山上而不是那座，一朵雲是這個形狀而不是那個。

　　其實我也有問題要問：比如說美的標準究竟是什麼，比如說為什麼抽取多餘脂肪比修補一個孩童破損的容顏更能賺錢。我也不知道為什麼有些人可以擁有天賦，而有些人只是心懷盲目的熱誠。但後來我知道，天賦並不是上天賜予人類的最珍貴的禮物，遺忘的能力才是，其次是高枕無憂的福氣。

　　「或許我們可以採取脫敏療法，每次他提起前女友的名字，我就揍他一頓。」M提議，「我是跆拳道黑帶。」

　　「有多厲害？」

　　M讓我站在廚房中央伸出手，還未等我反應過來，他已踩著我的手心從我頭頂上翻了過去。

　　L放下啤酒罐大力鼓掌：「好身手！為什麼當醫生，當刺客不好嗎？」

「一樣是用刀，那還是做醫生比較安穩，對吧？」M 巧妙地把問題推給我：「你又為什麼當醫生？」

「賺錢。我們這行，只要時間還會走就永遠不缺生意。」

「你還沒回答我們嘛！快說，你為什麼當醫生？」L 不依不饒。

「是這樣，我喜歡上鄰居家的小姐。」M 沒有抬頭，喝著他加蜂蜜的薄荷茶，「她心臟不好，我就想，長大了我當醫生，給她治病，她就得嫁給我。」

「後來呢？」L 追問。

「後來她被美國來的專家治好了，我拿到執業資格證那天，她已經是兩個孩子的母親，丈夫是個非常好的人，在銀行工作。」

L 黯然。

「敬世界模型！」我趕緊舉杯。

「敬世界模型！」M 微笑。

「不如敬無常人心。」L 補充道。

第二天 L 跑去系裡找導師，放棄即將到手的保送名額和全額獎學金，準備前往美國西岸重新開始。就像他說的，儀式感很重要。我記得他去遞交簽證申請的那天，倫敦地鐵遭遇恐怖襲擊。人群匆促走過古舊的黃磚樓，沉默地趕路，有亂世的感覺。

仲春的洛杉磯，繁花似錦。我下榻的酒店在為晚上的婚宴做準備，場面熱鬧而混亂。策畫公司已搭建好通往海灘的白玫瑰與素馨花拱廊，孩子們牽著氣球橫衝直撞，腳步聲嗒嗒嗒。我到大堂的時候，L 正坐在角落耐心地等，隔著暮色看是多年前一模一樣的眉眼。一瞬間覺得時間深不可測，不知道事隔多年，他的情傷好了沒有。或許已經

是功成名就的工程師，順利娶妻生子。就像《男人四十》
裡林耀國與妻子文靖，相敬如賓，閒來在客廳背誦蘇軾的
〈前赤壁賦〉。電視裡播著長江的壯美風光，廚房裡一鍋
湯卻燉壞掉了。

　　就是這樣的簡單瑣碎，像一個被執行了上百萬次的程
式，叫人安心。

　　他站起來大力擁抱我：「走，帶你去吃飯！」

　　一號公路的懸崖下驚濤拍岸，夜色四合，一切茫然。

　　「聽說這片海有鯨。」

　　「不知道是南美洲哪一隻蝴蝶撲閃了翅膀。」我對著
不見底的黑暗嘆息。

　　「理論上來說，如果蝴蝶效應能運用數學模式來表述
的話，我們就能找到應對各種氣候變化的方案，甚至是金
融海嘯。」他知道我在說什麼，「但是現實中這根本做不
到。」

　　「為什麼？」

　　「高級電腦也只能處理小數點以後九位數的計算，如
果九位數以後的數無限多，錯誤就無限放大。」

　　「各種錯誤累積，原來沒有負負得正這種事情啊。」

　　「對，並沒有。」

　　「真是殘酷人生。」

　　到餐廳他為我點了瓶啤酒，Astra（紅心），標誌是錨
與心。

　　「感情順利？」我問。

　　他笑：「真愛就和鬼一樣，從來只聽說別人遇到過。」

　　「生意可好？」他問我。

　　「還行。」我答。此次在洛杉磯美容醫學論壇上，我
做了主題為「針灸對注射微整形的借鏡作用」的報告，反

響熱烈。如今我擁有自己的診所，生意過得去，允許我擁有些許骨氣，不必為高昂費用而盲從於客人的要求。這行缺的不是技術，是品位。

當我修復病人的面部神經時，有時會想起L說過的話：「恢復殘損的硬碟，像拆一隻繭。」而彼時的M在哪裡修復誰的心？

當年寄居帝國大學學生宿舍的三個人，一個為世界尋找最終解答，一個醫治心，我最沒用，是個解析皮相的整形醫生。「只塑造自己心目中完美女性的畢馬龍」：曾有採訪過我的時尚雜誌這樣形容我。我對此不置可否，因為我並沒有愛上過自己的病人——那些我用刀剪塑造出來的作品。

我的大部分業餘時間，用於和失眠抗爭。有時甚至羨慕那些能做噩夢的人。

L吃著薯條說：「研究專案進展順利，我們的目標是研發出有情緒關懷能力的機器人。程式的工作原理是建立有關情緒的模糊資料庫，機器人可以根據病人的情緒調整回饋，給予精確的情緒撫慰和心理疏導。完成後將用於抑鬱症和自閉症的輔助治療。」

我去名古屋出差時，曾為打發時間去豐田汽車博物館看過機器人跳舞。說實話，那場面並不讓我特別舒服。我真害怕那幾個機器人真的對我露出人類的表情。

「那世界模型怎麼辦？」

「把這個世界交給別人去照顧吧，其實我們和這個世界的關係並沒有我們以為的多。」L在薯條上蘸滿番茄醬，「但這些情緒撫慰機器人是不同的，它們可以為你提供真實確切的陪伴。」

我在酒吧昏暗的光線裡打量他熨燙過的襯衫、薄薄的金錶，不知道他這些年究竟花了多少力氣努力與這個世界

發生關聯。

「你有 M 的消息嗎？」我問。

他點開連結後將手機遞給我，那是一篇某醫學獎項的受獎詞，世界知名的敘利亞籍心外科醫生穆沙罕回顧了自己的職業生涯，並謙遜地感謝了自己的同事，在談及自己從事醫學的緣起時，他提及自己少年時代瞞著家長陪伴鄰家小姐前往戈蘭高地尋找美國醫學專家的往事。但是他們還未抵達高地就遭遇了突發的空襲，那個名叫尼米嘉的小小姐就在他身邊停止了心跳。

演講最後是穆沙罕的生平簡介，他在倫敦的短暫停留也被提及，而他名字後面寫著「（一九七一～二〇一二）」。我愕然地抬頭看向 L，問：「發生了什麼？」

「他以敘利亞醫生的身分為一名以色列女童進行了心臟移植手術，手術的成功甚至在西方世界引起轟動，我在洛杉磯當地報紙都讀到相關報導。手術後一個月，他在位於戈蘭高地的國際人道主義醫院遭遇極端組織襲擊，當場失救。」

我飲盡杯中啤酒，不知道該說些什麼。

「要下雨了，天氣預報說今天的降水機率是八十五％。」L 的話音還未落下，雨滴已啪啪地砸在車窗上。他的脣角彎一個淺淺的弧度，大概是因為這錯綜複雜的、由概率組成的世界裡這個小小的確定。

從酒店建在懸崖上的停車場可以看見婚禮的煙花開在細雨的半空。L 搖下車窗，拿出手機拍了一張。風太大了，雨飄進車內，他隨即關了車窗，伏在方向盤上側過頭去專注地看著煙花，明滅的光撒在他臉上，此刻看，他的面容還是添了風霜的。聽到他說：「這麼好的日子不常有，所以，要好好記得。」

　　煙花穿越風雨抵達半空，倔強地炸開。昏暗的海面瞬間被點亮又隱沒。但年少時代的遺憾並未熄滅，只是轉而投向更深更沉默的內在。

　　就像希臘神話中的賽普勒斯國王，我們一遍遍在心中描畫著愛人的模樣，以幻想建造沙城。我們愛的人們卻總在一步遠的前方，若即若離之間刻畫我們的命運。所以我至今孑然一身，因為我還在尋找錯誤百出的皮相下那個完美的靈魂。所以 L 放棄世界模型研究情感機器人，只為實現永不背叛的，毫無條件的，二十四小時無間斷的愛與關懷。所以 M 一遍遍修復破損的心，不問世事緣由。生命之初愛過的人在他身邊停止心跳，從此以後他醫治的每一個病患都是她，他觸碰到的全是她的體溫、她的鮮血、她的心跳。所以他微笑著告訴我們：「她痊癒了，嫁人生子，一生順遂。」

　　這世界上大概再沒有什麼比愛更無用也更偉大。

　　「嘿，開心點，都過去了。」L 拍我肩膀。

　　「But where to?」我在心底輕輕問。

　　天色暗了，夜空是濛著灰的紫色，真安靜。有一瞬間少年甚至懷疑自己的耳朵聾了，直到他聽見自己的呼吸。

　　只有他自己的呼吸。

　　天頂那顆閃爍的藍色星星叫什麼名字？

　　彷彿為了逃避這寂靜，他將臉埋進尼米嘉的長髮，在這熟悉的、溫暖的柔軟髮絲間，他聞見了塵埃的氣息，帶著土地的餘溫。當疲倦終於闔上他的眼時，那顆星星的光芒在他虹膜上留下暗紅色的幻象。

　　少年忍不住哭泣起來，因為他知道，星星會落下，而他將獨自醒來，在他餘生的許許多多個清晨。

國家圖書館出版品預行編目資料

島嶼來信：我能說的祕密／陶立夏 作.
-- 初版.-- 臺北市：圓神，2020.03
240 面；17×23 公分（圓神文叢；270）

ISBN 978-986-133-712-8（平裝）

855   109000061

www.booklife.com.tw   reader@mail.eurasian.com.tw

圓神文叢 270

島嶼來信 我能說的祕密

作　　者／陶立夏
發 行 人／簡志忠
出 版 者／圓神出版社有限公司
地　　址／台北市南京東路四段50號6樓之1
電　　話／（02）2579-6600・2579-8800・2570-3939
傳　　真／（02）2579-0338・2577-3220・2570-3636
總 編 輯／陳秋月
主　　編／吳靜怡
責任編輯／林振宏
校　　對／林振宏・歐玟秀
美術編輯／劉鳳剛
行銷企畫／詹怡慧・林雅雯
印務統籌／劉鳳剛・高榮祥
監　　印／高榮祥
排　　版／杜易蓉
經 銷 商／叩應股份有限公司
郵撥帳號／18707239
法律顧問／圓神出版事業機構法律顧問　蕭雄淋律師
印　　刷／國碩印前科技股份有限公司
2020 年 3 月　初版

本書臺灣繁體版由四川一覽文化傳播廣告有限公司代理，
經天津星文文化傳播有限公司授權出版。

定價 360 元　　　　ISBN 978-986-133-712-8